郑振铎讲唐五代两宋文学简史

郑振铎 著

百花洲文艺出版社
BAIHUAZHOU LITERATURE AND ART PRESS

图书在版编目（CIP）数据

郑振铎讲唐五代两宋文学简史 / 郑振铎著. -- 南昌：百花洲文艺出版社，2021.3
ISBN 978-7-5500-4079-3

Ⅰ. ①郑… Ⅱ. ①郑… Ⅲ. ①中国文学－古代文学史－文学史研究－唐宋时期 Ⅳ. ① I209.4

中国版本图书馆 CIP 数据核字（2021）第 003804 号

郑振铎讲唐五代两宋文学简史
郑振铎 著

出 版 人 章华荣
责任编辑 胡青松
特约编辑 何 薇 叶青竹
书籍设计 刘昌凤
出版发行 百花洲文艺出版社
社 址 南昌市红谷滩世贸路 898 号博能中心一期 A 座 20 楼
邮 编 330038
经 销 全国新华书店
印 刷 三河市双峰印刷装订有限公司
开 本 880mm×1230mm 1/32 印张 6.75
版 次 2021 年 3 月第 1 版第 1 次印刷
字 数 128 千字
书 号 ISBN 978-7-5500-4079-3
定 价 79.80 元

赣版权登字 05-2021-18

邮购联系 0791-86895108
网 址 http://www.bhzwy.com
图书若有印装错误，影响阅读，可向承印厂联系调换。

《大师讲堂》系列丛书

▶总序

/吴伯雄

梁启超说："学术思想之在一国，犹人之有精神也。"的确，学术的盛衰，关乎一个民族的精神气象与文化氛围。民国是一个动荡不安的时代，内忧外患，较之晚清，更为剧烈，中华民族几乎已经濒临亡国灭种的边缘。而就是在这样日月无光的民国时代，却涌现出了一批批大师，他们不但具有坚实的旧学基础，也具备超前的新学眼光。加之前代学术的遗产，西方思想的启发，古义今情，交相辉映，西学中学，融合创新。因此，民国是一个大师辈出的时代，梁启超、康有为、严复、王国维、鲁迅、胡适、冯友兰、余嘉锡、陈垣、钱穆、刘师培、马一孚、熊十力、顾颉刚、赵元任、汤用彤、刘文典、罗根泽……单是这一串串的人名，就足以使后来的学人心折骨惊，高山仰止。而他们在史学、哲学、文学、考古学、民俗学、教育学等各个领域所取得的成就，更是创造出了一个异彩纷呈的学术局面。

岁月如轮，大师已矣，我们已无法起大师于九原之下，领教大师们的学术文章。但是，"世无其人，归而求之吾书"（程子语）。

大师虽已远去，他们留下的皇皇巨著，却可以供后人时时研读。时时从中悬想其风采，吸取其力量，不断自勉，不断奋进。诚如古人所说："圣贤备黄卷中，舍此安求？"有鉴于此，我们从卷帙浩繁的民国大师著作当中，精心编选出版了这一套《大师讲堂》系列丛书，分辑印行，以飨读者。原书初版多为繁体字竖排，重新排版字体转换过程当中，难免会有鲁鱼亥豕之讹，还望读者不吝赐正。

吴伯雄，福建莆田人，1981年出生。2003年考入福建师范大学古代文学研究系，师从陈节教授。2006年获硕士学位。同年9月考入复旦大学中文系古代文学专业，师从王水照先生。2009年7月获博士学位。同年9月进入福建师范大学文学院古代文学教研室工作。推崇"博学而无所成名"。出版《论语择善》（九州出版社）、《四库全书总目选》（凤凰出版社）。

目录

隋及唐初文学

隋及唐初文学皆受梁陈的影响——南朝文士北上者之多——隋的诗坛——诗人的杨广——北方诗人：薛道衡、卢思道及李德林——杨素与孙万寿——南朝的降臣们：王胄及许善心等——唐初的诗坛——陈隋的遗老们：许敬宗等——长孙无忌、李义府与上官仪——魏徵——王绩——初唐四杰：王杨卢骆——白话诗人王梵志——隋及唐初的散文——玄奘的翻译工作——《大唐西域记》

一

从庾信、王褒入周以后，北朝的文学起了一个很大的变动。几乎是自居于六朝风尚“化外”的北周与北齐的文坛，登时发生了一个大改革，把他们自己掷身到时代的潮流之中，而成为六朝文学运动中的北方的支流。到了隋文帝开皇九年（589 年），南朝的陈，为隋兵所灭，自后主陈叔宝以下诸文臣学士，皆北徙。于是跟随了南北朝的统一，而文坛也便统一了。在隋代的三四十年间（581—618）差不多没有什么新的树立。从炀帝杨广以下，全都是无条件地承袭了梁、陈的文风。李渊禅代（618 年）之后，情形还是不变。唐初的文士们，不仅大多数是由隋入唐的，且也半是从前由陈北徙的；像傅奕、欧阳询、褚亮、萧德言、姚思廉、虞世南、李百药、陈叔达、孔颖达、温彦博、颜师古诸人，莫不皆然。当然，那时文坛的风气是不会有什么丕变的。及王、杨、卢、骆四杰出现，唐代的文学，始现出从自身放射出的光芒来。但王、杨、卢、骆诸人，与其说是改变了六朝的风尚，还不如说是更进展地把六朝的风尚更深刻化、更精密化、更普及化了。他们不是六朝文学的改革者，而是变本加厉地把六朝文学的势力与影响更加扩大了。他们承袭了六朝文学的一切，咀嚼了之后，更精练地吐了出来。他们引导了、开始了“律诗”的时代。在他们的时候，倩妍的短曲，像《子夜》《读曲》之流是不见了；梁、陈的别一新体，像“沙飞朝似幕，云起夜疑城”（梁简文帝），“白云浮海际，明月落河滨”（吴均），“终南云影落，渭北雨声多”（江总）之流，却更具体地成为流行的诗格。这便启示着“律诗时代”的到来。在这一方面，所谓“四杰”的努力是不能忘记的。

二

先讲诗坛的情形。隋代的诗坛，全受梁、陈的余光所照，既如上文所述。陈叔达、许善心、王胄以及虞世基、世南兄弟，皆为由陈入隋者。北土的诗人们，像卢思道、薛道衡等也全都受梁、陈的影响。当时的文学的东道主，像帝王的杨广，大臣的杨素，也都善于为文。杨广的天才尤高，所作艳曲，上可追梁代三帝，下亦能比肩陈家后主。

杨广为文帝杨坚第二子。弘农郡华阴人。开皇元年（581 年），立为晋王。后坚废太子勇，立广为太子。又五年，杀坚自立。在位十四年。为政好大喜功，且溺于淫乐，天下大乱遂起。广幸扬州，为宇文化及所杀。广虽不是一个很高明的政治家，却是一位绝好的诗人，正和陈、李二后主，宋的徽宗一样，而其运命也颇相同。他虽是北人，所作却可雄视南士。薛、卢之流，自然更不易与他追踪逐北。像他的《悲秋》：

故年秋始去，今年秋复来。
露浓山气冷，风急蝉声哀。
鸟击初移树，鱼寒欲隐苔。

断雾时通日，残云尚作雷。

又像他的《春江花月夜》：

暮江平不动，春花满正开。
流波将月去，潮水共星来。

都是置之梁祖、简文诸集中而不能辨的。又有“寒鸦飞数点，流水绕孤村”的数语，曾为秦观取入词中，成为“绝妙好辞”。惜全篇已不能有。

有了这样的一位文学的东道主在那里，隋代文学，当然是很不枯窘的了。相传广妒心甚重，颇不欲人出其上。薛道衡初作《昔昔盐》，有“暗牖悬蛛网，空梁落燕泥”语，及广杀之，乃说道：“还能作‘空梁落燕泥’语否？”此事未必可信。“空梁落燕泥”一语，并不见如何高妙，《昔昔盐》全篇，更为不称。广又何至忮刻至此呢？

薛道衡（540—609），字玄卿，河东汾阴人。少孤，专精好学，甚著才名。为齐尚书左外兵郎。齐亡，又历仕周、隋。杨广颇不悦之。不久，便以论时政见杀。有集三十卷。江东向来看不起北人所作，然道衡所作，南人往往吟诵。像他的《人日思归》：

入春才七日，离家已二年。
人归落雁后，思发在花前。

颇不愧为短诗的上驷。

与道衡同时有声并历诸朝者，为卢思道及李德林。德林字公辅，博陵安平人。初仕齐，后又历仕周、隋。后出为湖州刺史。有集。德林诗传者甚少。思道，字子行，范阳人，聪爽有才辩。也历仕齐、周、隋三朝。开皇间为散骑侍郎。有集。思道所作，情思颇为寥落。此二人俱并道衡而不及。

在北人里，较有才情者还要算是一位不甚以诗人著称的杨素。素（544—606）字处道，弘农华阴人。仕周，以平齐功，封成安县公。杨坚受禅，加上柱国，进封越国公。大业初，拜太师，改封楚公。有集。他的诗，像“日出远岫明，鸟散空林寂”（《山斋独坐》）诸语，还不脱齐、梁风格。至于《赠薛播州十四首》，中如：

北风吹故林，秋声不可听。
雁飞穷海寒，鹤唳霜皋净。
含毫心未传，闻音路犹夐。
唯有孤城月，徘徊独临映。
吊影余自怜，安知我疲病。

便非齐、梁所得范围的了。殆足以上继嗣宗，下开子昂。《北史》谓：“素尝以五言诗七百字赠播州刺史薛道衡。词气颖拔，风韵秀上，为一时盛作。未几而卒。道衡曰：‘人之将死，其言也善，若是乎！’”

又有孙万寿字仙期，信都武强人。在齐为奉朝请。杨坚为帝时，滕穆王引为文学。坐衣冠不整，配防江南。宇文述召典军事，郁郁不得志。为五言诗寄京邑知友，有“如何载笔士，翻作负戈人！飘飖如木偶，弃置同刍狗。失路乃西浮，非狂亦东走”语，盛为当世吟诵。天下好事者，多书壁而玩之。后归乡里，为齐王文学。终于大理司直。他所作亦多北人劲秀之气，直吐愤郁，不屑作儿女之态，像《东归在路率尔成咏》：

学宦两无成，归心自不平。
故乡尚千里，山秋猿夜鸣。
人愁惨云色，客意惯风声。
羁恨虽多绪，俱是一伤情。

又孔绍安，大业末为监察御史，与万寿齐名。后入唐为秘书监。他的《落叶》：“早秋惊落叶，飘零似客心。翻飞未肯下，犹言惜故林。”颇具有深远之意。

开皇九年（589 年）是隋文学上很可纪念的一年。政治上成就了南北的统一，结束了二百七十余年（317—589）的南北对峙局面，而文坛上为了南朝的降王降臣的来临，更增加了活气不少。

陈后主叔宝到了北朝以后，是否仍然继续从前的努力，我们无从知道。即使还未放弃创作的生活，其风格当也仍是不曾变动过。我们在他的集里，看不出一点过着降王的生活后的影子。他死于仁寿四年（604 年），离开他的被俘，已是十六年之久了。相传他和杨广交甚厚。或者不至于过着“以眼泪洗面”的生活罢。叔宝的弟叔达也是因了这个政治上的统一而由南北上者。叔达字子聪，陈宣帝第十七子。年十余岁，援笔便成诗，徐陵甚奇之。入隋为绛郡通守。后又降李渊。贞观中拜礼部尚书。他的诗是彻头彻尾的梁、陈派，与他哥哥一样，唯天才较差。

同在这一年北上的，有王胄、虞世基、世南兄弟。王胄，字承基，琅玡临沂人，仕陈为东阳王文学。入隋为学士。以与杨玄感交游，坐诛。虞世基，字茂世，会稽余姚人。仕陈为尚书左丞。入隋，杨广深爱厚之。宇文化及杀广时，世基也遇害。其弟世南字伯施，与兄同入隋，时人以方二陆。大业中官秘书郎。后入唐，累官秘书监。

许善心，虽不是一位被俘的降人，却也是一位庾、王似的南人留北者。他字务本，高阳北新城人。陈祯明二年，以通直散骑常侍，聘于隋。为隋所留，絷宾馆。及陈亡，衰服号哭。后乃拜官。杨广被杀时，善心也同时遇害。

这几个人的诗，风格都不甚相殊，可以王胄的《枣下何纂纂》为代表：

御柳长条翠，宫槐细叶开。
还得闻春曲，便逐鸟声来。

三

所谓初唐的诗坛，相当于李渊及其后的三主的时代，即自武德元年到弘道元年的六十余年（618—683）间。开始于陈、隋遗老的遗响，终止于王、杨、卢、骆四杰的鹰扬。这其间颇有些可述的。当武德初，李世民与其兄建成、弟元吉争位相倾。各延揽儒士，以张势力。世民于秦邸开文学馆，召杜如晦、房玄龄、于志宁、苏世长、薛收、褚亮、姚思廉、陆德明、孔颖达、李玄道、李守素、虞世南、蔡允恭、颜相时、许敬宗、薛元敬、盖文达、苏勖等十八人为学士，时号十八学士。及他杀建成、元吉后，太子及齐王二邸中的豪彦，也并集于朝。世民他自己也好作“艳诗”。当时的风尚，全无殊于隋代。诗人之著者，像陈叔达、虞世南、欧阳询、李百药、杜之松、许敬宗、褚亮、蔡允恭、杨师道诸人皆是由隋入唐的。此外还有长孙无忌、李义府、上官仪、魏徵、王绩诸人，一时并作，诗坛的情形是颇为热闹的。王绩尤为特立不群的雄豪。

欧阳询，字信本，潭州临湘人，仕隋为太常博士。入唐，撰《艺文类聚》，甚有名。官至太子率更令。李百药，字重规，德林子，七岁能属文，时号奇童。隋时为太子通事舍人。入唐，拜中书舍人。曾著《齐史》。百药藻思沉郁，尤长五言，虽樵童牧子，亦皆吟讽。

像《咏蝉》：

清心自饮露，哀响乍吟风。
未上华冠侧，先惊翳叶中。

已宛然是沈、宋体的绝句了。杜之松，博陵曲阿人，隋起居舍人。贞观中为河中刺史。与王绩交好。许敬宗，字延族，杭州新城人，善心子。入唐为著作郎，高宗时为相。有集。褚亮，字希明，杭州钱塘人。隋为太常博士。贞观中为散骑常侍，封阳翟县侯。蔡允恭，荆州江陵人，隋为起居舍人。贞观中，除太子洗马。杨师道，隋宗室，字景猷。入唐尚桂阳公主，封安德郡公。贞观中为中书令。为诗如宿构，无所窜定。

李义府，瀛州饶阳人。对策擢第。累迁太子舍人，与来济俱以文翰见知，时称“来李”。高宗时为中书令，后长流巂州。他的《堂堂词》：

懒整鸳鸯被，羞褰玳瑁床。
春风别有意，密处也寻香。

甚有名，是具着充分的梁、陈的气息的。同时，长孙无忌，字辅机，河南洛阳人，为唐外戚（文德后兄），封齐国公。高宗时，贬死黔州。其《新曲》“玉珮金钿随步远，云罗雾縠逐风轻。转目机心悬自许，何须更待听琴声”云云，也是所谓“艳诗”的一流，甚传于时。

上官仪（608—665）也是义府与无忌的同道。其诗绮错婉媚，人多效之，谓为“上官体”。他的《早春桂林殿应诏》“晓树流莺满，春堤芳草积。风光翻露文，雪华上空碧”云云，无愧于梁、陈之作。他字游韶，陕州陕人。贞观初擢进士第。高宗时为西台侍郎，同东西台三品。后以事下狱死。

魏徵《述怀》却不是梁、陈作风所能拘束的了。像“纵横计不就，慷慨志犹存。……人生感意气，功名谁复论”云云，其气概豪健，盖不是所谓“宫体”“艳诗”所能同群者。“人生感意气”云云，活画出一位直心肠的男子来。以阮嗣宗与陈子昂较之，恐怕还要有些差别。独惜徵所作不多耳。徵字玄成，魏州曲城人。少孤，落魄有大志。初从李建成，为太子洗马。世民杀建成，乃拜他为谏议大夫，封郑国公。

王绩（589—644）与魏徵又有所不同，他却是以澹远来纠正浓艳的。绩字无功，绛州龙门人。隋大业中为扬州六合丞，以非所好，弃去不顾。结庐河渚，以琴酒自乐。武德初，以前官待诏门下省。或问：“待诏何乐？”他道：“良酝可恋耳。”照例日给酒三升，陈叔达特给他一斗。时太乐署史焦革家善酿，绩求为丞。革死，又弃官归。尝躬耕于东皋，故时人号东皋子。或经过酒肆，动留数日。往往题壁作诗，多为好事者讽咏。死时，预自为墓志。其行事甚类陶渊明，而其作风也与渊明相近。像《田家》：（一作王勃诗，但风格大不类。）

阮籍生涯懒，嵇康意气疏。
相逢一醉饱，独坐数行书。
小池聊养鹤，闲田且牧猪。
草生元亮径，花暗子云居。
倚床看妇织，登垄课儿锄。
回头寻仙事，并是一空虚。

还不类渊明吗？更有趣的是，像《田家》的第二首：

家住箕山下，门枕颍川滨。
不知今有汉，唯言昔避秦。
琴伴前庭月，酒劝后园春。
自得中林士，何忝上皇人。

以及第三首的“恒闻饮不足，何见有残壶”云云，连其意境也便是直袭之渊明的了。他的最好的诗篇，像《野望》：

东皋薄暮望，徙倚欲何依？
树树皆秋色，山山唯落晖。
牧人驱犊返，猎马带禽归。
相顾无相识，长歌怀《采薇》。

像《过酒家》：

对酒但知饮，逢人莫强牵。
倚垆便得睡，横瓮足堪眠。

也浑是上继嗣宗、渊明，下起王维、李白的。在梁、陈风格紧紧握住了诗坛的咽喉的时候，会产生了这样的一位风趣淡远的诗人出来，是颇为可怪的。或正如颜、谢的时候而会有渊明的同样的情形吧。一面自然是这酒徒的本身性格，一面也是环境的关系。他不曾做过什么“文学侍从之臣”，故也不必写作什么“侍宴”“颂圣”的东西，以损及他的风格，或舍己以从人。

四

“四杰”的起来，在初唐诗坛上是一个极重要的消息。“四杰”也是承袭了梁、陈的风格的。唯意境较为阔大深沉，格律且更为精工严密耳。他们是上承梁、陈而下起沈、宋（沈佺期、宋之问）的。王世贞说：

卢、骆、王、杨，号称四杰。词旨华靡，固沿陈、隋之遗；翩翩意象，老境超然胜之。五言遂为律家正始。内

> 子安稍近乐府，杨、卢尚宗汉、魏。宾王长歌，虽极浮靡，亦有微瑕，而缀锦贯珠，滔滔洪远，故是千秋绝艺。

在许多持王、杨、卢、骆优劣论者当中，世贞此话，尚较为持平。

王勃（650—676），字子安，绛州龙门人。很早便会写诗。相传他六岁善文辞，九岁得颜师古注《汉书》读之，作《指瑕》以擿其失。麟德初（664年），刘祥道表于朝，对策高第。年未及冠，授朝散郎。沛王闻其名，召署府修撰。因作《檄英王鸡文》，被出为虢州参军。后又因事除名。

上元二年（675年），往交趾省父，渡海溺水，悸而卒，年二十九。有集。初，他道出钟陵，九月九日，都督大宴滕王阁，宿命其婿作序以夸客。因此纸笔遍请，客莫敢当。至子安抗然不辞。都督怒起更衣。遣吏伺其文辄报。至“落霞与孤鹜齐飞，秋水共长天一色”语，乃矍然道：“天才也！”请遂成文，极欢罢。那便是有名的《滕王阁序》。又相传子安属文初不精思，先磨墨数升，引被覆面而卧。忽起书之，不易一字。时人谓之腹稿。他所作以五言为最多，且均是很成熟的律体。像《郊兴》：

空园歌独酌，春日赋闲居。
泽兰侵小径，河柳覆长渠。
雨去花光湿，风归叶影疏。
山人不惜醉，唯畏绿尊虚。

还不是律诗时代的格调吗？又像：

抱琴开野室，携酒对情人。
林塘花月下，别似一家春。
——《山扉夜坐》

山泉两处晚，花柳一园春。
还持千日醉，共作百年人。
——《春园》

还不宛然是最正格的五绝吗？又像《寒夜怀友杂体》：

北山烟雾始茫茫，南津霜月正苍苍。
秋深客思纷无已，复值征鸿中夜起。

虽说是“杂体”，其实还不是“七绝”之流吗？沈、宋时代的到来，盖在“四杰”的所作里，已先看到其先行队伍的踪迹了。正如太阳神万千缕的光芒还未走在东方之前，东方是先已布满了黎明女神玫瑰色的曙光了。

杨炯（650—693），华阴人，幼即博学好为文。年十一，举神童，授校书郎。为崇文馆学士，迁詹事司直。恃才简倨，人不容之。武后时，迁婺州盈川令，卒于官。他闻时人以四杰称，便自言道：“吾愧在卢前，耻居王后。”（当时的品第是王、杨、卢、骆，他故云然。）张说道：“杨盈川文思如悬河注水，酌之不竭；既优于卢，亦不减王也。”有《盈川集》。他的诗像“帝畿平若水，官路直如弦”（《骢马》），“三秋方一日，少别比千年”（《有所思》），“离亭隐乔树，沟水浸平沙。左尉才何屈，东关望渐赊”（《送丰城王少尉》）等，这都是足称律诗的前驱的。

“四杰”身世皆不亨达，而卢照邻为尤。他为了不可治的疾病，艰苦备尝，以至于投水自杀。在我们的文学史里同样的人物是很少的。照邻（636—695）字升之，幽州范阳人。年十余岁，从曹宪、王义方授《苍》《雅》及经史。博学善属文。初授邓王府典签。王有书二十车，照邻披览，略能记忆。王甚爱重之。对人道：“此即寡人相如也。”后拜新都尉，因染风疾去官。居太白山中，以服饵为事，而疾益笃。客东龙门山，友人时供其衣药。疾甚，足挛，一手又废，乃徙阳翟之具茨山下，买园数十亩，疏颍水周舍。复预为墓，偃卧其中。作《五悲》及《释疾文》，读者莫不悲之。然疾终不愈。病既久，不堪其苦，乃与亲友执别，自投颍水而死。时年四十。有集。照邻少年所作，不殊子安、盈川。及疾后，境愈苦，诗也愈峻。像《释疾文》：

岁将暮兮欢不再，时已晚兮忧来多。
东郊绝此麒麟笔，西山秘此凤凰柯。
死去死去今如此，生兮生兮奈汝何！

盖已具有死志了。像《羁卧山中》的“卧壑迷时代，行歌任死生。红颜意气尽，白璧故交轻。涧户无人迹，山窗听鸟声。春色缘岩上，寒光入溜平。雪尽松帷暗，云开石路明”云云，盖还是虽疾而未至绝望的时候所作，故尚有“紫书常日阅，丹药几年成”云云。

骆宾王（619—687）善于长篇的歌行，像《从军中行路难》《夏日游德州赠高四》《帝京篇》《畴昔篇》等，都可显出他的纵横任意，不可羁束的才情来。《畴昔篇》自叙身世，长至一千二百余字，从“少年重英侠，弱岁贱衣冠”说起，直说到“邹衍衔悲系燕狱，李斯抱怨拘秦桎。不应白发顿成丝，直为黄沙暗如漆”。大约是狱中之作罢。这无疑是这时代中最伟大的一篇巨作，足和庾子山的《哀江南赋》列在同一型类中的。所谓在狱中，当然未必是指称敬业失败后的事，或当指武后时（684 年）因坐赃“入狱”（？）的一段事。故篇中并未叙及兵事，而有“只为须求负郭田，使我再干州县禄”语。这样以五七言杂组成文的东西，诚是空前之作。当时的人，尝以他的《帝京篇》为绝唱，而不知《畴昔篇》之更远为宏伟。宾王，婺州义乌人。与子安等同是早慧者，七岁即能赋诗。但少年时落魄无行，好与博徒为伍。初为道王府属，尝使自言所能，宾王不答。后为武功主簿。裴行俭做洮州总管，表他掌书奏，他不应。高宗末，调长安主簿。武后时，坐赃左迁临海丞，怏怏不得志，弃官而去。时徐敬业在扬州起兵讨武后，署宾王为府属。军中檄都是他所作。武后读檄文到“一抔之土未干，六尺之孤安在！”语，大惊，问为何人所作，或以宾王对。后道：“宰相安得失此人！”敬业败死，宾王也不知所终。有集。

五

在这个时代，忽有几个怪诗人出现，完全独立于时代的风气之外；不管文坛的风尚如何，庙堂的倡导如何，他们只是说出他们的心，称意抒怀，一点也不顾到别的作家们在那里做什么。在这些怪诗人里，王梵志是最重要的一个。王梵志诗，埋没了千余年，近来因敦煌写本的发现，中有他的诗，才复为我们所知。相传他是生于树瘿之中的（见《太平广记》卷八十二）。其生年约当隋、唐之间（约590—660）。他的诗教训或说理的气味太重，但也颇有好的篇什，像：

吾有十亩田，种在南山坡。
青松四五树，绿豆两三窠。
热即池中浴，凉便岸上歌。
遨游自取足，谁能奈我何！
城外土馒头，馅草在城里。
一人吃一个，莫嫌没滋味。

这样直捷的由厌世而逃到享乐的意念，我们的诗里，虽也时时有之，但从没有梵志这么大胆而痛快的表现！

梵志的影响很大，较他略后的和尚寒山、拾得、丰干，都是受他的感化的。寒山、拾得、丰干的时代，不能确知，相传是贞观中人。但最迟不会在大历以后。寒山诗，像“有人笑我诗，我诗合典雅！不烦郑氏笺，岂用毛公解。……忽遇明眼人，即自流天下”；“欲得安身处，寒山可长保。微风吹幽松，近听声逾好”云云，和拾得诗，像“世间亿万人，面孔不相似。……但自修己身，不要言他已”云云，都是梵志的嫡裔。顾况和杜荀鹤、罗隐诸人，也都是从他们那里一条线脉联下去的。

六

隋与唐初的散文，也和其诗坛的情形一样，同是受梁、陈风气的支配。杨坚即位时，有李谔者，尝上书论文体轻薄，欲图纠正，他以为：“江左齐、梁，其弊弥甚。贵贱贤愚，唯务吟咏。遂复遗理存异，寻虚逐微，竞一韵之奇，争一字之巧。连篇累牍，不出月露之形；积案盈箱，唯是风云之状。世俗以此相高，朝廷据兹擢士。禄利之路既开，爱尚之情愈笃。”于是他便主张应该：“屏黜浮词，遏止华伪。自非怀经抱质，志道依仁，不得引预搢绅，参厕缨冕。”还要对于那一类伪华的人，闻风劾奏，普加搜访，“有如此者，具状送台”。但那一篇煌煌巨文，却如投小石于巨川，一点影响也不曾发生过。文坛的风尚还是照常地推进，没有一点丕变。李德林、卢思道、薛道衡诸人所作散文，也并皆拟仿南朝，以骈偶相尚。至于由南朝入隋的文人们，像许善心、王胄、江总、虞世基等更是无论了。

唐初散文，无足称述。四杰所作，也不殊于当时的风尚。六朝之际，尚有所谓“文、笔”之分。美文多用骈俪；公牍书记，尚存质朴之意。至唐则差不多公文奏牍，也都出以骈四俪六之体，且浸淫而以“四六文”为公文的程式，为实际上应用的定型的文体了。

这时期可述者唯为若干部重要史籍的编纂。岑文本与崔仁师作《周史》。李百药作《齐史》。姚思廉次《梁》《陈》二史。魏徵编《隋史》。思廉、百药之作，皆为一家言。又有李延寿者，世居相州，贞观中为御史台主簿，兼修国史。本其父志，更著《北史》《南史》二书。同时，又有《晋书》百三十卷的编撰，则出于群臣的合力，开后世“修史”的另外一条大路。自此以后，为一代的百科全书的所谓“正史”者，便永成为“合力”的撰述，而不复是个人的著作了。

参考书目

一、《隋书》 唐魏徵等撰，有《二十四史》本。

二、《旧唐书》 晋刘昫撰，有《二十四史》本。

三、《新唐书》 宋欧阳修、宋祁撰，有《二十四史》本。

四、《全汉三国晋南北朝诗》 丁福保辑，医学书局铅印本。

五、《全唐诗》 扬州诗局原刊本，上海同文书局石印本。

六、《唐百名家诗》 席氏刻本。

七、《艺苑卮言》 明王世贞撰，有《历代诗话续编》本。

八、梁启超：《饮冰室文集》（中华书局）卷六十《佛典之翻译》，又卷六十一《翻译文学与佛典》，又卷六十二《支那内学院精校本玄奘传书后》。

九、《敦煌掇琐》 刘复辑，中央研究院出版。

十、《全上古三代秦汉三国六朝文》 严可均辑，有黄冈王氏刊本，有医学书局石印本。

十一、《全唐文》 有扬州诗局原刊本，有广东覆刻本。

律诗的起来

由古诗到律诗的途径——六朝风尚的总结账时期——律诗的成立——绝句与排律的同时产生——沈宋时代——沈宋律诗的成功与其影响——沈宋的绝句——沈宋的排律——沈宋的生世——同时代的诸诗人：苏味道、李峤——杜审言、崔融——崔湜、崔液——上官婉儿——乔知之、刘希夷——陈子昂

一

由不规则的古体诗，变为须遵守一定程式的律诗，其演进是很自然的。自建安以后，诗与散文一样，天天都在向骈偶的路上走去。散文到了“四六文”，是走到“骈俪文”的最高的顶点了。辞赋到

了“律赋”，也已是走到“骈俪赋”的最高的顶点了。诗也是同样的，发展到“律诗”的创作的时候，也便是无可再发展的了。在这个无可再发展的时代，便起了几种转变。“绝诗”因之起来，词也因之起来。同时，便也有人回顾到古体诗的一方面，欲再度使之复活。

在这个进展的途中，也颇有些“豪杰之士”奋起而思有所改革。然究竟像以孤柱敌狂澜，无损于水势的东趋。由建安（196 年）到嗣圣（684 年），快五百年了，这个趋势还是不变。变动时代的到来，是要在安史之乱（755—763）以后。那时，水势是平衍了，是疲乏了，尽有分流与别导到沟渠里去的可能。

许多人都以为初唐时代是改革六朝风尚的开始，却不知道六朝风尚，到了初唐却更变本而加厉。在唐代的初期的近一百五十年间（618—755），无论在诗与散文上都是这样。尽管有人在喊着“复古”，在作着“尚书”体的《大诰》，但他们的声音，自行消失于无反响的空气中了。文风还是照常地进展。特别是诗体一方面，这百余年间的进展更为显著，对于后来的文坛也最有影响。

在嗣圣（684年）之前，是初唐四杰的时代。他们禀承了齐、梁的遗风，更加以扩大与发展。在五言诗方面，引进了更趋近于“律体”的格调，在七言诗方面也给它以极可能的发展的希望。这在上文已经说到过了。在嗣圣到安史之乱的七十几年间，便是“律诗”成立的时代了。五言的律诗是最先成立的。接着，七言的律诗也成为当时最重要的文体之一了。接着，别一种新诗体，即所谓“五绝”“七绝”者，也产生了。接着，联合了若干韵的律诗而成为一篇长诗，即所谓“排律”者的风气，也开始出现了。在这短短的七十余年间，诚是诗坛上放射出最灿烂的异彩的时代，诚是空前的变异最多而且最速的时代。

这七十余年的时代，又可以分为两期。第一期是“律诗”的成立时代，也可以名之为沈、宋时代。第二期是“绝诗”与“排律”盛行的时代，也可以称之为开元、天宝时代。现在本章先讲第一期。

二

第一期从嗣圣元年到先天元年（712 年），为时不到三十年，却奠定了“律诗”的基础。这时代的两个代表人便是沈佺期与宋之问。《唐书·文艺传》说：

> 魏建安后迄江左，诗律屡变。至沈约、庾信，以音韵相婉附，属对精密。及之问、沈佺期，又加靡丽。回忌声病，约句准篇，如锦绣成文。学者宗之，号为沈、宋。语曰：“苏、李居前，沈、宋比肩。”谓苏武、李陵也。

这一段话颇足以表示出“律诗”的由来。又胡应麟云：“五言律体，兆自梁、陈。唐初四子，靡缛相矜。时或拗涩，未堪正始。神龙以还，卓然成调。沈、宋、苏、李，合轨于前，王、孟、高、岑，并驰于后。新制迭出，古体攸分。实词章改革之大机，气运推迁之一会也。”这些话也可略见出律诗的历史。盖自沈约以四声八病相号召，已开始了律诗的先驱。嗣圣时代，沈佺期、宋之问出现，便很容易地收结了五百年来的总账，“回忌声病，约句准篇”，而创出“律诗”的一个新体来。大势所趋，自易号召，自易成功。所谓“声病”云云的讨论，自此竟不成为一个问题了。

“律诗”中的“五言律诗”，“四杰”时代已是流行。例如骆宾王的《在狱咏蝉》：

西陆蝉声唱，南冠客思侵。
那堪玄鬓影，来对白头吟！
露重飞难进，风多响易沉！
无人信高洁，谁为表予心？

已是“律诗”最完备的体格了。唯大畅其流者，则为沈、宋。如沈佺期的《送乔随州偘》：

结交三十载，同游一万里。
情为契阔生，心由别离死。
拜恩前后人，从宦差池起。
今尔归汉东，明珠报知己。

宋之问的《途中寒食题黄梅临江驿寄崔融》：

马上逢寒食，愁中属暮春。
可怜江浦望，不见洛阳人！
北极怀明主，南溟作逐臣。
故园肠断处，日夜柳条新。

都是示后进以准的之作。但沈、宋对于律体的应用，不限于五言，且更侵入当时流行的七言诗体范围之内。七言诗开始流行于唐初，至沈、宋而更有所谓“七言律”。“七言律”的建立，对于后来的影响是极大的。沈、宋的最伟大的成功，便在于此。沈佺期的《古意呈补阙乔知之》：

卢家少妇郁金堂，海燕双栖玳瑁梁。
九月寒砧催木叶，十年征戍忆辽阳。
白狼河北音书断，丹凤城南秋夜长。
谁谓含愁独不见，更教明月照流黄。

颇为有声。宋之问所作的七律，今传者甚少，姑引《三阳宫侍宴应制得幽字》一首：

离宫秘苑胜瀛洲，别有仙人洞壑幽。

岩边树色含风冷，石上泉声带雨秋。
鸟向歌筵来度曲，云依帐殿结为楼。
微臣昔忝方明御，今日还陪八骏游。

在这一方面的成功，沈、宋二人似都应居于提倡者的地位。他们的倡始号召之功，似较他们的创作为更重要。《旧唐书•文苑传》云："中宗增置修文馆学士，择朝中文学之士，之问与薛稷、杜审言等首膺其选。当时荣之。及典举，引拔后进，多知名者。"《唐书•之问传》亦叙其陪奉武后游洛南龙门："诏从后赋诗。左史东方虬诗先成，后赐锦袍。之问俄顷献。后览之嗟赏，更夺袍以赐。"宋尤袤《全唐诗话》云："中宗正月晦日，幸昆明池赋诗。群臣应制百余篇。帐殿前结彩楼，命昭容选一篇为新翻御制曲。从臣悉集其下。须臾，纸落如飞。各认其名而怀之。既退，惟沈、宋二诗不下。移时，一纸飞坠。竞取而观之，乃沈诗也。及闻其评曰：'二诗工力悉敌。沈诗落句云，微臣雕朽质，羞睹豫章才，盖词气已竭。宋诗云，不愁明月尽，自有夜珠来，犹陡健豪举。'沈乃伏，不敢复争。"像这样的从容游宴，所赋诗篇，传遍天下，又加以典贡举，天下士自然地从风而靡的了。何况"滚石下山，不达底不止"，这风气又是五百年来自然的进展的结果呢。同时，"绝诗"的一体，也跟了"律诗"的发达而大盛。绝诗的起来，与律诗的产生有不可分离的关系。汉、魏古诗六朝乐府中，五言的短诗为最多，类皆像王台卿所作的《陌上桑》：

令月开和景，处处动春心。

挂筐须叶满，息倦重枝阴。

般的以四句的五言成篇。“律诗”“约句准篇”，每篇句类有定，不适于写作这一类短诗之用。于是律诗作者们同时便别创所谓“绝诗”的一体。这维持了短诗的运命，且成为我们诗体中常是最有精彩的一部分杰作。宋洪迈至集唐人绝句至万首之多，编为专书。可见此体爱好者之多且笃了。胡应麟谓：“五七言绝句，盖五言短古、七言短歌之变也。五言短古，杂见汉、魏诗中，不可胜数。唐人绝体，实所从来。七言短歌，始于垓下。梁、陈以降，作者坌然。第四句之中，二韵互叶，转换既迫，音调未舒。至唐诸子，一变而律吕铿锵，句格稳顺，语半于近体，而意味深长过之；节促于歌行，而咏叹悠永倍之，遂为百代不易之体。”胡氏的话，对于“绝句”，已尽赞颂之极致。但他又颇以“截近体首尾或中二联”以成绝句之说为非。此则，缘昧于诗体的自然演进的定律，故有异论耳。沈、宋之前，固有类乎“绝句”之物。唯“绝句”之成为一个新体之物，且有定格，则为创始于沈、宋时代。未可以偶然的“古已有之”的几个篇章，便推翻了发展的定律。

沈、宋的五七言绝句，佳作甚多。宋之问贬后所作，尤富于真挚的情绪，凄楚的声调。像《渡汉江》：

岭外音书断，经冬复历春。
近乡情更怯，不敢问来人。

即应制之作，也还不坏。像《苑中遇雪应制》：

紫禁仙舆诘旦来，青旗遥倚望春台。
不知庭霰今朝落，疑是林花昨夜开。

沈佺期的五言绝句，今传者甚鲜。其七言绝句像《邙山》：

北邙山上列坟茔，万古千秋对洛城。
城中日夕歌钟起，山上惟闻松柏声。

是颇具着渺渺的余思的。若仅以“典丽精工”视沈、宋，似乎是太把他们估价得低了。

三

为唐代文坛重镇的一个新诗体，所谓“排律”的，也起于沈、宋之时。胡应麟谓：“排律，沈、宋二氏，藻赡精工。”排律为较长的诗体，非运之以宏伟的才情，出之以精工的笔力不可。沈、宋创造了“律诗”，同时并打开了排律的一个新的局面。王世贞谓：“二君正是敌手。排律用韵稳妥，事不旁引，情无牵合，当为最胜。”沈、宋的排律，五言最多，也最好。如佺期的《钓竿》篇：

朝日敛红烟，垂竿向绿川。
人疑天上坐，鱼似镜中悬。
避楫时惊透，猜钩每误牵。
湍危不理辖，潭静欲留船。
钓玉君徒尚，征金我未贤。
为看芳饵下，贪得会无筌。

之问的《初至崖口》：

崖口众山断，嵚崟耸天壁。
气冲落日红，影入春潭碧。
锦缋织苔藓，丹青画松石。
水禽泛容与，岩花飞的皪。
微路从此深，我来限于役。
惆怅情未已，群峰暗将夕。

状物陈形，已臻佳境。在排律中，气度虽未若杜甫的阔大，波澜虽未若杜甫的澎湃，然已是不易得的东西了。

四

沈、宋并称，而沈、宋的诗也往往相混杂，可见其风格的相近。沈佺期（656—715），字云卿，相州内黄人。及上元二年（675年）进士第。由协律郎累除给事中考功。与张易之等烝昵宠甚。易之败，遂长流驩州。后得召见，拜起居郎兼修文馆直学士。寻历中书舍人，太子少詹事。开元初卒。

宋之问（656—712），字延清，一名少连，汾州人。之问伟仪貌，雄于辩。甫冠，武后召与杨炯分直习艺馆。累转尚方监丞，左奉宸内供奉。与佺期、阎朝隐等，倾心媚附易之。易之所赋诗篇，尽之问、朝隐所为。及败，贬陇州。之问逃归洛阳，匿张仲之家。武三思复用事，仲之欲杀之。之问上变。由是擢鸿胪主簿。天下丑其行。中宗时，下迁越州长史，穷历剡溪山，置酒赋诗，流布京师，人人传讽。睿宗立，流之问钦州，复赐之死。

宋、沈以附张易之，声名颇为狼藉，然其才名则不可掩。佺期尝以诗赠张说。说道："沈三兄诗清丽，须让居第一也。"徐坚论之问以为其文如良金美玉，无不可。之问友人武平一为纂集其诗，成十卷。佺期亦有集传于世。沈、宋之诗，至流徙后而尤工。佺期在驩州诸作，像《三日独坐驩州思忆游》《从驩州廨宅移住山间水亭》《赦到不得归题江上石》《答魑魅代书寄家人》诸篇，皆出之以五言排律，而于沉痛郁结之中，不失其流丽疏放之体。《答魑魅》一篇，长至十二韵以上，尤为当时罕有之作。“死生离骨肉，荣辱间朋游。弃置一身在，平生万事休”（《移住山间水亭》），其情诚可哀矜！

之问两经流放，终至被杀，身世尤苦于佺期，故所作更多悲戚的声韵。唯长篇较少，五律为多。像《度大庾岭》：

度岭方辞国，停轺一望家。
魂随南翥鸟，泪尽北枝花。
山雨初含霁，江云欲变霞。
但令归有日，不敢恨长沙。

又像“故园长在目，魂去不须招”（《早发韶州》），“谁言望乡国，流涕失芳菲”（《早入清远峡》），“乡心新岁切，天畔独潸然。老至居人下，春归在客先”（《新年作》）诸语，莫不表示出迟暮投荒，徘徊欲泣的情绪来。沈、宋的诗，自当以这种迁谪后所作的最工。应制诸什，非不精妙，却不尽是从肺腑中流出的，故有灵魂、有真情感者甚少。

五

沈、宋同时的诗人极多。“初，中宗景龙二年（708年），始于修文馆置大学士四员，学士八员，直学士十二员，象四时八节十二月。于是李峤、宗楚客、赵彦昭、韦嗣立为大学士；李适、刘宪、崔湜、郑愔、卢藏用、李乂、岑羲、刘子元为学士；薛稷、马怀素、宋之问、武平一、杜审言、沈佺期、阎朝隐等为直学士。又召徐坚、韦元旦、徐彦伯、刘允济等满员。”这里殆已把沈、宋派诗人一网打尽了。但在其中的及未预其列的诗人们，若苏味道、李峤、杜审言、崔融、乔知之、崔湜、崔液、陈子昂、刘希夷诸人尤称大家。更有女作家上官婉儿在当时主持风雅，提倡文艺甚力，也当一叙及。

苏、李是和沈、宋并称的。苏味道（648—705），赵州栾城人。弱冠擢进士。证圣元年，出为集州刺史。圣历初，迁凤阁侍郎，同凤阁鸾台三品。居相位数载。神龙时坐张易之党，贬眉州刺史。还为益州长史，卒。李峤，字巨山，与味道同里。弱冠擢进士第。武后时，官凤阁舍人。

每有大手笔，皆特命峤为之。累迁鸾台侍郎，知政事，封赵国公。睿宗立，出刺怀州。玄宗时贬为滁州别驾，改庐州。峤初与王、杨接踵，中与崔、苏齐名，晚诸人没，独为文章宿老。但峤与味道所作，今存者类多应制之诗，未能窥其真性情。姑举峤的《酬杜五弟晴朝独坐见赠》为例：

平明坐虚馆，旷望几悠哉。
宿雾分空尽，朝光度隙来。
影低藤架密，香动药栏开。
未展山阳会，空留池上杯。

这已是他们的很高的成就了。风格同于沈、宋，而才情却显然有些差别。相传明皇将幸蜀，登花萼楼，使楼前善水调者奏歌。歌曰：“山川满目泪沾衣，富贵荣华能几时！不见只今汾水上，惟有年年秋雁飞。”帝惨怆移时，顾侍者曰：“谁为此？”对曰：“故宰相李峤之词也。”帝曰：“真才子！”不待终曲而去。

杜审言，字必简，京兆人。咸亨元年（670年）进士。为隰城尉。恃高才傲世，见疾。苏味道为天官侍郎，审言集判出，谓人道：“味道必死！”人惊问何故。道：“彼见吾判且羞死。”又道：“我文章当得屈、宋作衙官，吾笔当得王羲之北面。”其矜诞类此。坐事贬吉州司户。武后时召还，授著作郎，为修文馆直学士，卒。他病时，宋之问、武平一去看他。他道：

“甚为造化小儿相苦。尚何言！然吾在，久压公等。今且死，固大慰，但恨不见替人也。”审言少与李峤、崔融、苏味道为文章四友。在这几个人中，审言自是以天才独傲的。举其二诗为例：

北地春光晚，边城气候寒。
往来花不发，新旧雪仍残。
水作琴中听，山疑画里看。
自惊牵远役，艰险促征鞍。

——《经行岚州》

迟日园林悲昔游，今春花鸟作边愁。
独怜京国人南窜，不似湘江水北流。

——《渡湘江》

崔融（653—706），字安成，齐州全节人。长安中授著作佐郎，进凤阁舍人。坐附张易之兄弟，贬袁州刺史。寻召拜国子司业。他的诗咏从军者为多。像《西征军行遇风》：

北风卷尘沙，左右不相识。
飒飒吹万里，昏昏同一色。
马烦莫敢进，人急未遑食。
草木春更悲，天景昼相匿。

（下略）

颇具有异域的风趣，置在这个时代里，总算是别调。

女作家上官婉儿，是这时主持风雅的一位很重要的人物。律诗时代的成立，她是很有力于其间的。婉儿为仪之孙，武后时配入掖庭。善于文章。年十四，即为武后内掌诏命。中宗即位，大被宠爱，进拜昭容。当时文坛因她的努力而大为热闹。临淄王兵起，她被杀。她的诗，今所存者仅二十余篇，大都是应制之作，未能见出她的真实的情绪。像“密叶因裁吐，新花逐翦舒……春至由来发，秋还未肯疏。借问桃将李，相乱欲何如？”（《侍宴内殿出翦花彩应制》）正是律诗时代的“最格律矜严”之作。

六

崔湜、崔液兄弟所作，并皆可观。而液诗似更在其兄上。湜(671—713）字澄澜，定州人。擢进士第。预修《三教珠英》。曾数度为相。明皇立，流岭外，复追及荆州，赐死。液字润甫，湜之弟。工五言诗，擢进士第一人。湜常呼他的小字道：“海子，我家龟龙也。”官至殿中侍御史。液所作，今传者以闺情为多。像《上元夜》：

星移汉转月将微，露洒烟飘灯渐稀。
犹惜路旁歌舞处，踌躇相顾不能归。

又像《拟古神女宛转歌》（一作郎大家作）：

日已暮，长檐鸟应度。
此时望君君不来，此时思君君不顾。
歌宛转，宛转那能异栖宿！
愿为形与影，出入恒相逐。

是很有《子夜》《读曲》的风趣的。

刘希夷与乔知之所作，皆以歌行为多。知之，同州冯翊人。则天时，为右补阙。迁左司郎中。为武承嗣所害。相传知之有婢窈娘，为承嗣所夺。他作《绿珠篇》密送与窈娘。她结诗衣带，投井而死。承嗣以是讽酷吏罗织杀之。知之有《拟古赠陈子昂》一诗："别离三河间，征战二庭深。胡天夜雨霜，胡雁晨南翔"云云，是颇似子昂的《感遇》的。

希夷（651—680）一名庭芝，汝州人。上元二年（675年）进士，时年二十五。工篇咏，特善闺帷之作。词情哀怨，多依古调体势，与当时的风尚不合，遂不为所重。他美姿容，好谈笑，善弹琵琶，饮酒至数斗不醉。落魄不拘常检。尝作《白头吟》，有"今年花落颜色改，明年花开复谁在"语，自以为不祥。又吟一联："年年岁岁花相似，岁岁年年人不同。"遂叹道："生死有命，岂由此虚言乎？"遂并存之。诗成未周岁，果为奸人所杀。或谓：其舅宋之问，苦爱后一联，知其未传于人，恳求之。许而竟不与。之问怒其诳己，使奴以土囊压杀于别舍，时年未及三十。这话未必可信。之问为一代宗匠，又何至夺甥之作！后孙翌撰《正声集》，以希夷诗为集中之最。由是大为人所称。《白头吟》（一作《代悲白头翁》）自是杰作，但像《春日行歌》：

山树落梅花，飞落野人家。
野人何所有？满瓮阳春酒。
携酒上春台，行歌伴落梅。
醉罢卧明月，乘梦游天台。

其拓落疏豪的态度，已是李白的一个先驱了。

七

但在这一群诗人里，还不得不推陈子昂为一个异军突起者。子昂和刘希夷、乔知之皆非沈、宋所能牢笼，所能范围者。而子昂尤为杰出。齐、梁风尚的转变，在子昂的诗里，已充分地透露出消息来。子昂（659—700）字伯玉，梓州射洪人。开耀二年（682年）进士。初，年十八，未知书，以富家子，任侠尚气，好弋博。后入乡校，感悔。即于州东南金华山观读书，痛自修饰，精穷坟典。武后时，拜麟台正字，累迁拾遗。圣历初，解官归。为县令段简所诬诈，捕下狱，死。年四十一。相传子昂初入京不为人知。有卖胡琴者，价百万。豪贵传视，无辨者。子昂突出，顾左右以千缗市之。众惊问。答道："余善此乐。"皆道："可得闻乎？"子昂道："明日可集宣阳里。"如期偕往，则酒肴毕具。置胡琴于前。食毕，捧琴语道："蜀人陈子昂，有文百轴，驰走京毂，碌碌尘土，不为人知。此乐，贱工之役，岂宜留心！"举而碎之，以其文轴遍赠会者。一日之内，声华溢都。子昂初为《感遇诗》，王适见而惊道："此子必为海内文宗。"柳公权评其诗道："能极著述，克备比兴，唐兴以来，子昂而已。"有集十卷。子昂《感遇诗》，今见三十八章，其风格大似阮籍《咏怀》、左思《咏史》，当是受他们的启示而写的。这三十八章的诗篇，内容甚杂，或咏史，或抒怀，或超脱，或悲悯，但综其格律，放在沈、宋的一群里，却是不类不同的。像：

林居病时久，水木澹孤清。
闲卧观物化，悠悠念无生。
青春始萌达，朱火已满盈。
徂落方自此，感叹何时平。

索居犹几日，炎夏忽然衰。
阳彩皆阴翳，亲友尽睽违。
登山望不见，涕泣久涟洏。

宿梦感颜色，若与白云期。
马上骄豪子，驱逐正蚩蚩。
蜀山与楚水，携手在何时？

朔风吹海树，萧条边已秋。
亭上谁家子，哀哀明月楼。
自言幽燕客，结发事远游。
赤丸杀公吏，白刃报私雠。
避雠至海上，被役此边州。
故乡三千里，辽水复悠悠。
每愤胡兵入，常为汉国羞。
何知七十战，白首未封侯！

比了一般的颂圣酬宴的所作，自然是高出万倍的了。他痛快地抒其所怀抱的情思，一点也不顾忌，一点也不宛曲回避，直活现出一位“性褊躁”，易于招祸的诗人来。又像《登幽州台歌》：

前不见古人，后不见来者。
念天地之悠悠，独怆然而涕下。

那样的豪迈，那样的潇洒，自不会向“破家县令”屈膝，自要为其所陷害的了。

参考书目

一、《旧唐书》卷一百九十《文苑传》。

二、《新唐书》卷二百一至三《文艺传》。

三、辛文房《唐才子传》 有《佚存丛书》本（涵芬楼有石印本《佚存丛书》）。

四、《唐诗纪事》 宋计有功撰，有清刊本，有石印本。

五、《全唐诗话》 宋尤袤撰，有何文焕刻《历代诗话》本。（《历代诗话》有原刊本，有医学书局石印本。）

六、《全唐诗》 有扬州诗局原刊本，有同文书局石印本。

七、《少室山房笔丛》 明胡应麟撰，有明刊本，有清嘉庆间刊本。

八、《全唐诗说》 明王世贞撰，有《学海类编》本。

九、《唐诗癸签》 明胡震亨撰，有明刊本。又震亨的《唐诗谈丛》，有《学海类编》本。

十、《唐百名家诗》 清席氏编刊。

开元天宝时代

唐诗的黄金时代——张九龄与吴中四杰——新诗人的纷起——王维与裴迪——孟浩然——王孟作风的不同——谪仙人李白——老诗人高适——富于异国情调的作家岑参——王昌龄、常建、崔颢等——崔国辅、王翰、贾至等

一

开元、天宝时代，乃是所谓“唐诗”的黄金时代；虽只有短短的四十三年（713—756），却展布了种种的诗坛的波涛壮阔的伟观，呈现了种种不同的独特的风格。这不单纯的变幻百出的风格，便代表了开、天这个诗的黄金的时代。在这里，有着飘逸若仙的诗

篇，有着风致澹远的韵文，又有着壮健悲凉的作风。有着醉人的谵语，有着壮士的浩歌，有着隐逸者的闲咏，也有着寒士的苦吟。有着田园的闲逸，有着异国的情调，有着浓艳的闺情，也有着豪放的意绪。总之，这时代是囊括尽了种种的诗的变幻的。也没有一个时代，更曾同时诞生那么许多的伟大的诗人过的！然而，它只是短短的四十三年！希腊的悲剧时代，英国的莎士比亚时代，还不只是短短的数十年吗？

五七言的古、律诗体，到了这个时代，格律已是全备。其中，七言的律、绝，方才刚刚萌芽，还不曾有人用全力去灌溉之；正是诗人最好的一试驰骋的好身手的时候。故开、天的诗人们，于此独擅胜场，正如建安时代的五言诗，沈、宋时代的五言的律、绝。把握着新发于铏的牛刀，而以其勃勃的诗思为其试手的对象，那些天才的“庖丁”们，当然个个都会“得手应心”的了。

二

开、天间的诗人们，一时是计之不尽的。殷璠的《河岳英灵集》，录当时诗人至二十四人之多。元结的《箧中集》，所载则有七人。此外不在其中者，更还有不少。杜甫也初次出现于这个时代的诗坛上。但他的重要的诗篇，几皆是开、天以后所作。这个黄金时代，包纳不了杜甫，而杜甫在这个时代，也未尽挥展出他的惊人的天才。故另于下章详之。

开、天时代的老诗人们：有张九龄、贺知章、姚崇、宋璟、包融、张旭、张若虚、张说、苏颋、李乂等。

张九龄，字子寿，韶州曲江人。七岁知属文。擢进士。迁左拾遗。后以张说荐，为集贤院学士。俄拜中书侍郎同平章事。为李林甫所排挤，贬荆州长史，卒。有集。九龄的诗，回旋于沈、宋的时代，而别有所自得。他的《感遇》十二首，和陈子昂的所作又自不同，其托意的直率，颇有影响于后来的诗坛。像《感遇》中的一首：

江南有丹橘，经冬犹绿林。
岂伊地气暖，自有岁寒心。
可以荐嘉客，奈何阻重深。
运命唯所遇，循环不可寻。
徒言树桃李，此木岂无阴！

这全是以“丹橘”自况的；和后来的“妆罢低声问夫婿，画眉深浅入时无？”是在同一个调子里的东西，但似更为露骨些。九龄诗往往如此，故颇伤于直率，少含蓄的余味。

与张九龄同为开元、天宝时代名相的姚崇、宋璟，也并能诗。崇初名元崇，又名元之，陕州人。贞观中，应下笔成章举，授濮州司仓。后数居台辅，负时重望。荐宋璟自代。其诗像“舟轻不觉动，缆急始知牵”，语甚有致。宋璟，邢州南和人，继崇为相，耿介有大节。他的《送苏尚书赴益州》“园亭若有送，杨柳最依依”，意境也很新。

贺知章，字季真，会稽永兴人，少以文辞知名。累迁秘书监。他性放旷，晚尤纵诞，自号四明狂客。天宝初，请为道士还乡里。诏赐镜湖剡川一曲。年八十六卒。其七言绝句，像《咏柳》的“不知细叶谁裁出，二月春风似剪刀”和《回乡偶书》的二首“少小离乡老大回”“唯有门前镜湖水，春风不改旧时波”，都是盛传人口的。

他和包融、张旭、张若虚并号“吴中四杰”。融，湖州人，为大理司直。旭，苏州吴人。嗜酒善草书，每醉后号呼狂走，才下笔，或以头濡墨而书。既醒，自视以为神。世呼为张颠，或传称为“草圣”。若虚，扬州人，为兖州兵曹。所作《春江花月夜》“春江潮水连海平，海上明月共潮生。滟滟随波千万里，何处春江无月明”的一首七言的长篇，乃是令人讽吟不能去口的隽什。

张说和苏颋也并为开元名相，也皆能诗。说字道济，一字说之，洛阳人。武后时为凤阁舍人，以忤旨，配流钦州。开元初，进中书令，封燕国公。亦数经迁谪，至左丞相卒。他喜延纳后进。朝廷大述作多出其手，与苏颋号“燕、许大手笔”。谪后的诗，益凄惋动人，人谓得江山之助。像《南中别蒋五岑向青州》：

老亲依北海，贱子弃南荒。
有泪皆成血，无声不断肠。
此中逢故友，彼地送还乡。
愿作枫林叶，随君度洛阳。

诚是深以迁谪为念的。但像“丝管清且哀，一曲倾一杯。气将然诺重，心向友朋开”（《宴别王熊》），却颇有些豪迈的意气。

苏颋，字廷硕，瓌子。幼敏悟。明皇爱其文，进紫微侍郎，知政事。与李乂对掌书命。帝道：“前世李峤、苏味道，文擅当时，号苏、李。今朕得颋及乂，又何愧前人。”他的小诗，也时有佳趣，像《将赴益州题小园壁》：

岁穷惟益老，春至却辞家。
可惜东园树，无人也作花。

李乂，字尚真，赵州房子人，幼工属文。开元初，为紫微侍郎，除刑部尚书，卒，年六十八。与兄尚一、尚贞并有文名。有《李氏花萼集》。

三

但开元、天宝的时代，虎踞于诗坛上者，并不是这些老作家们。新兴的诗人们是像雨天的层云般，推推拥拥地向无垠的天空上跑去。在那些无数的新诗人们里，无疑地要选出王维、孟浩然、李白、高适、岑参五人，作为最重要的代表。那五位诗人们的作风，都是很不相同的；差不多也可以代表了当时五方面的不同的倾向。先说王维。

王维（699—761）的作风，是直接承继了东晋陶渊明的。渊明的诗，澹泊而有深远之致，维诗亦然。像那样的田园诗，若浅实深，若凡庸实峻厚，若平淡实丰腴的，千百年间仅得数人而已。维字摩诘，河东人，工书画，与弟缙，俱有俊才。开元九年进士擢第。天宝末为给事中。安禄山陷两都，维被囚于菩提寺。肃宗时，为尚书右丞。维笃于奉佛，晚年长斋禅诵。一日忽索笔作书别亲故，舍笔而卒。开、天间，维诗名最盛，王侯豪贵之门，无不拂席迎之。尝得宋之问辋川别墅，山水绝胜，与裴迪泛舟往来，啸咏终日。殷璠谓："维诗，词秀调雅，意新理惬，在泉成珠，着壁成绘。"苏轼亦云："维诗中有画，画中有诗。"《集异记》（《全唐诗话》引）载维未冠时，文章得名，妙能琵琶。春之一日，岐王引至公主第，使为伶人进主前。维进新曲，号《郁轮袍》，并出所作。主大奇之。

此事或未可信。明人王衡尝作《郁轮袍》杂剧，为维辨诬。唯唐人进身之阶，往往要借大力，像维一类的事，盖当时并不以为可怪。安史乱后，音乐家的李龟年，奔放江潭，尝于湘中采访使筵上，唱“红豆生南国，春来发几枝”，又“秋风明月苦相思，荡子从戎十载余”诸作，皆维诗也。可见当时维诗流行的盛况。维的诗，最有画意者，像《渭川田家》：

斜阳照墟落，穷巷牛羊归。
野老念牧童，倚杖候荆扉。
雉雊麦苗秀，蚕眠桑叶稀。
田夫荷锄至，相见语依依。
即此羡闲逸，怅然吟《式微》。

像《山居秋暝》：

空山新雨后，天气晚来秋。
明月松间照，清泉石上流。
竹喧归浣女，莲动下渔舟，
随意春芳歇，王孙自可留。

和“草际成棋局，林端举桔槔”（《春园即事》），“牧童望村去，猎犬随人还”（《淇上即事田园》），“春风动百草，兰蕙生我篱”（《赠裴十迪》），“山下孤烟绕村，天边独树高原”“花落家童未扫，莺啼山客犹眠”（《田园乐》，一作皇甫曾诗），“空山不见人，但闻人语响。返景入深林，复照青苔上”（《鹿柴》）等，都是富于田园风趣的。但他偶写城市，也是同样地可爱。像《早朝》：“皎洁明星高，苍茫远天曙。槐雾暗不开，城鸦鸣稍去。始闻高阁声，莫辨更衣处。银烛已成行，金门俨驺驭。”和隋代无名氏的《鸡鸣歌》：“东方欲明星烂烂……千门万户递渔钥”恰是同类的隽作。若《琵琶记》的《辞朝》，从黄门官口中说出那么一大片的官话来，却徒见其辞费耳。维的七言绝句，像《少年行》“相逢意气为君饮”“纵死犹闻侠骨香”，像《九月九日忆山东兄弟》“遍插茱萸少一人”，像《渭城曲》“渭城朝雨浥轻尘”，像《戏题辋川别业》“藤花欲暗藏猱子”，像《私成口号诵示裴迪》“万户伤心生野烟”，都是很“俊雅”的。而《渭城曲》，论者（如胡应麟）尤推之，以为盛唐绝句之冠。

集合于王维左右的诗人们，有维的弟缙（字夏卿，广德、大历中为门下侍郎，同平章事），及其友裴迪（关中人，尝为尚书省郎，蜀州刺史）、崔兴宗（尝为右补阙）、苑咸（成都人，中书舍人）、丘为（苏州嘉兴人，太子右庶子）等。裴迪、崔兴宗尝与维同居终南山。苑咸能书梵字，兼达梵音，曲尽其妙。后维与裴迪又同住辋川，交往尤密。故迪的作风，甚同于维，于辋川诸咏尤可见之，像“秋来山雨多，落叶无人扫”（《宫槐陌》），“泛泛鸥凫渡，时时欲近人”（《栾家濑》）等。

四

孟浩然（689—740），襄阳人，少好节义，工五言。隐鹿门山，不仕。四十游京师，与诸诗人交往甚欢。尝集秘省联句，浩然道：“微云淡河汉，疏雨滴梧桐。”众皆莫及。其诗的作风，也正可以此十字状之。张九龄、王维都极称道他。维待诏金銮，一旦私邀浩然入。俄报玄宗临幸。浩然错愕伏匿床下。维不敢隐，因奏闻。帝喜曰：“朕素闻其人而未见也。”浩然遂出。命吟近作，至“不才明主弃，多病故人疏”之句，帝慨然道：“卿不求仕，朕何尝弃卿，奈何诬我！”因命放还南山。开元末，王昌龄游襄阳。时浩然新病起，相见甚欢，浪情宴谑，食鲜疾动而终。有集。

浩然为诗，伫兴而作，造意极苦。篇什既成，洗削凡近，超然独妙；虽气象清远，而采秀内映，藻思所不及。像《宿业师山房期丁大不至》：

夕阳度西岭，群壑倏已暝。
松月生夜凉，风泉满清听。
樵人归欲尽，磴鸟栖初定。
之子期未来，孤宿候萝径。

又像“相望始登高，心飞逐鸟灭。愁因薄暮起，兴是清秋发”（《秋登兰山寄张五》），“春眠不觉晓，处处闻啼鸟。夜来风雨声，花落知多少”（《春晓》），“烛至萤火灭，荷枯雨滴闻”（《初出关旅亭夜坐怀王大校书》），“莫愁归路暝，招月伴人还”（《游凤林寺西岭》），“阴崖常抱雪，枯涧为生泉”（《访聪上人禅居》）等，都足以见出他的风格来。

他和王维的作风，看来好像很相近，其实却有根本的不同之点在着。维的最好的田园诗，是恬静得像夕光朦胧中的小湖，镜面似的躺着，连一丝的波纹儿都不动荡；人与自然，合而为一，诗人他自己是融合在他所写的景色中了。但浩然的诗，虽然也写山，也写水，也写大自然的美丽的表现，但他所写的大自然，却是活跃不停的，却是和我们的人似的刻刻在动作着的。像“却听泉声恋翠微”（《过融上人兰若》）的“恋”字，便充分地可以代表他的独特的作风。细读他的诗什，差不多都是惯以有情的动作，系属到无情的自然物上去的。又王维的诗，写自然者，往往是纯客观的，差不多看不见诗人他自己的影子，或连诗人他自己也都成了静物之一，而被写入画幅之中去了；他从不把自然界来拉到自己身上，作为自己动作或情绪的烘托。浩然则不然，他的诗都是很主观的，处处都有个“我”在，更喜用“岁月青松老，风霜苦竹余”（《寻白鹤岩张子容隐居》）一类的句子。所以王维是个客观的田园诗人，浩然则是个性很强的抒情诗人。王维的诗境是恬静的，浩然的诗意却常是活泼跳动的。

五

现在该说第三个不同型的诗人李白（701—762）了。白的诗，纵横驰骋，若天马行空，无迹可寻；若燕子追逐于水面之上，倏忽西东，不能羁系。有时极无理，像“白发三千丈”，有时又似极幼稚可笑，像“愿餐金光草，寿与天齐倾”（《古风》），但那都无害于他的诗的纯美。他的诗如游丝，如落花，轻隽之极，却不是言之无物；如飞鸟，如流星，自由之极，却不是没有轨辙；如侠少的狂歌，农工的高唱，豪放之极，却不是没有腔调。他是蓄储着过多的天才的。随笔挥写下来，便是晶光莹然的珠玉。在音调的铿锵上，他似尤有特长。他的诗篇几乎没有一首不是“掷地作金石声”的。尤其是他的长歌，几乎个个字都如“大珠小珠落玉盘”，吟之使人口齿爽畅，若不可中止。

但他并不是远于人间的。他仿佛是一个不省事的诗人，其实却十分关心世事。他也写出塞诗，他也作闺怨辞，但那些似都不是他的长处所在。他早年是一位“长安”的游侠少年，中年是一位行止不检的酒的诗人，晚年是一位落魄不羁的真实的“醉翁”。相传他是死于醉后落水的。他从中年起便把少年的意气都和酒精一同地蒸发于空中去了。他好神仙，他爱说长生上天等的疯话。那也大约都是有意识的醉后的狂吟罢。他的少年的意气，便这样的好像不结实于地上，而驰骋于天府之上。

他的诗是在飘逸以上的。有人说他的诗是“仙”的诗。但仙人，似决不会有他那么狂放。我们勉强地可以说，他的诗的风格是豪迈联合了清逸的。他是高适、岑参又加上了王维、孟浩然的。他恰好代表了这一个音乐的诗的奔放的黄金时代。在我们的文学史上，没有第二个像开、天的万流辐辏，不名一轨的时代，也没有第二个像李白似的那么同样的作风的。他是不可模拟的！

白字太白，陇西成纪人，或曰山东人，或曰蜀人。他少有逸才，志气宏放。初隐岷山，益州刺史苏颋见而异之，道：“是子天才英特，可比相如。”天宝初，到长安，见贺知章。知章见其文，叹道：“子谪仙人也。”乃解金龟换酒，终日相乐。言于明皇，召见金銮殿，奏颂一篇。帝赐食，亲为调羹。有诏供奉翰林。白犹与酒徒饮于市。帝坐沉香亭子，意有所感，欲得白为乐章。召入，而白已醉。左右以水颒面，稍解。援笔成文，婉丽精切。白尝侍帝，醉，使高力士脱靴。力士耻之，乃谗于杨贵妃。白自知不为亲近所容，恳求还山。帝赐金放还。乃浪迹江湖，终日沉饮。后永王李璘辟白为僚佐。璘以谋乱败，白坐长流夜郎。会赦得还。依族人阳冰于当涂，卒。相传他是于渡牛渚矶时，醉后入水中捉月而被溺死的。元人王伯成作《李太白流夜郎》杂剧，乃是白入水中，为龙王所迎去之说。明冯梦龙所辑的《警世通言》里，也有《李谪仙醉草吓蛮书》的平话一篇。白的生平，是久已成为传说的一个中心的。白有与《与韩荆州书》，自叙早年的生平甚详。他喜纵横击剑，为任侠，轻财好施。尝客任城，与孔巢父、韩准、裴政、张叔明、陶沔，居徂徕山中，日沉饮，号“竹溪六逸”。在长安时，又与贺知章、李适之、王琎、崔宗之、苏晋、张旭、焦遂为饮酒八仙人。他中年与杜甫交尤善。然二人的作风却是很不相同的。他的作风最能于长歌中表现出来。像《行路难》：

金樽清酒斗十千，玉盘珍馐直万钱。
停杯投箸不能食，拔剑四顾心茫然。
欲渡黄河冰塞川，将登太行雪满山。
闲来垂钓碧溪上，忽复乘舟梦日边。
行路难，行路难，多歧路，今安在！
长风破浪会有时，直挂云帆济沧海。

大道如青天，我独不得去。
羞逐长安社中儿，赤鸡白狗赌梨栗。
弹剑作歌奏苦声，曳裾王门不称情。
淮阴市井笑韩信，汉朝公卿忌贾生。
君不见，昔时燕家重郭隗，拥彗折节无嫌猜。
剧辛乐毅感恩分，输肝剖胆效英才。
昭王白骨萦烂草，谁人更扫黄金台！
行路难，归去来！

像《北风行》："唯有北风号怒天上来。燕山雪花大如席，片片吹落轩辕台。"《少年行》："看取富贵眼前者，何用悠悠身后名。"《经乱离后天恩流夜郎忆旧游书怀赠江夏韦太守良宰》："学剑翻自哂，为文竟何成。剑非万人敌，文窃四海声。儿戏不足道，《五噫》出西京！"《庐山谣》："我本楚狂人，凤歌笑孔丘。"《梦游天姥吟留别》："天台四万八千丈，对此欲倒东南倾。我欲因之梦吴越，一夜飞渡镜湖月。"《蜀道难》："连峰去天不盈尺，枯松倒挂倚绝壁。飞湍瀑流争喧豗，砯崖转石万壑雷。"《将进酒》："君不见，黄河之水天上来，奔流到海不复回。君不见，高堂明镜悲白发，朝如青丝暮成雪。人生得意须尽欢，莫使金樽空对月！"等等，都是气吞斗牛，目无齐、梁的。他骋其想象的飞驰，尽其大胆的遣词，一点也不受什么拘束，一点也不顾忌什么成法，所以能够狂言若奔川赴海，滔滔不已。虽时若"言大而夸"，却并不是什么虚矫的夸大。有他的这样的天才，这样的目无古作，才可以说是："自从建安来，绮丽不足珍。"（《古风》）他诚是独往独来于古今的歌坛上的。

他的短诗，隽妙的也极多，几乎没有一首不是爽口悦耳的，却又俱具着浑重之致，一点也不流于浮滑。又，在其间，关于酒的歌咏是特多。像《前有樽酒行》：

> 春风东来忽相过，金樽渌酒生微波。
> 落花纷纷稍觉多，美人欲醉朱颜酡。
> 青轩桃李能几何，流光欺人忽蹉跎。

君起舞，日西夕。

当年意气不肯倾，白发如丝叹何益！

像《月下独酌》“花间一壶酒，独酌无相亲。举杯邀明月，对影成三人”，像《山中与幽人对酌》“我醉欲眠卿且去”，像《自遣》“对酒不觉暝，落花盈我衣。醉起步溪月，鸟还人亦稀”等都是。其他像《越中览古》“宫女如花满春殿，如今惟有鹧鸪飞”，《早发白帝城》“两岸猿声啼不住，轻舟已过万重山”等，也都是七言绝句里的最高的成就。又如《乌夜啼》《乌栖曲》等，也都是冷隽之气森森逼人。

六

高适年过五十，始学为诗，即工。以气质自高，多胸臆间语。他虽没有王维、孟浩然的澹远，李白的清丽奔放，却自有一种壮激致密的风度，为王、孟他们所没有的。适（700—765）字达夫，一字仲武，沧州人。少性拓落，不拘小节，耻预常科，隐迹博徒，才名便远。后举有道，授封丘尉。未几，哥舒翰表掌书记。后擢谏议大夫，负气敢言，权近侧目。李辅国忌其才。蜀乱，出为蜀、彭二州刺史。迁西川节度使，还为左散骑常侍。永泰初卒。有集。他尚气节，语王霸，衮衮不厌。遭时多难，以功名自许。尝过汴州，与李白、杜甫会。酒酣登吹台，慷慨悲歌，临风怀古。中间唱和颇多。他的诗也到处都显露出以功名自许的气概。他不谈穷说苦，不使酒骂坐，不故为隐遁自放之言，不说什么上天下地，不落边际的话。他是一位“人世间”的诗人，是一位显达的作家。开、天以来，凡诗人皆穷，显达者唯适一人而已。为的是一位慷慨自喜的人，又是一位屡次独当方面的大员，所以他的作风，于舒畅中又透着壮烈之致，于积极中更露着企勉之意。像“穷达自有时，夫子莫下泪”（《郊古赠崔二》），“知君不得意，他日会鹏抟”（《东平留赠狄司马》），“男儿争富贵，劝尔莫迟回”（《宋中遇刘书记有别》）等，自非若“不才明主弃”一类的失意人语。他的诗，每一篇已，好事者辄传播吟玩。他的最高的成就，像七言绝句中的：

危冠广袖楚宫妆，独步闲庭逐夜凉。
自把玉钗敲砌竹，清歌一曲月如霜。
——《听张立本女吟》

千里黄云白日曛，北风吹雁雪纷纷。
莫愁前路无知己，天下谁人不识君！
——《别董大》

又像五言的《登百丈峰》“汉垒青冥间，胡天白如扫。忆昔霍将军，连年此征讨”，《塞上》“总戎扫大漠，一战擒单于。常怀感激心，愿效纵横谟”，《自淇涉黄河途中作》“北风吹万里，南雁不知数。归意方浩然，云沙更回互”等，都颇足以窥见他的慷慨壮烈的风格来。

七

岑参是开、天时代最富于异国情调的诗人。王维的友人苑咸善于梵语，可惜其诗传者不多，未见其曾引梵诗的风趣到汉诗中来。岑参却是以秀挺的笔调，介绍整个的西陲、热海给我们的。唐诗人咏边塞诗颇多，类皆捕风捉影。他却自句句从体验中来，从阅历里出。因此，他一边具有高适的慷慨壮烈的风格，一边却较之更为深刻隽削，富于奇趣新情。参南阳人，文本之后。天宝三年进士及第。后出为嘉州刺史。杜鸿渐表置安西幕府。以职方郎兼侍御史领幕职。流寓不还，遂终于蜀。他累佐戎幕，往来鞍马烽尘间十余载，极征行离别之情。城障塞堡，无不经行。他的诗便在这样的环境中写出。论者谓参诗“辞意清切，回拔孤秀，多出佳境。每一篇出，人竞传写，比之吴均、何逊”。或又谓他“放情山水，故常怀逸念，奇造幽致，所得往往超拔孤秀，度越常情，与高适风骨颇同，读之令人慷慨怀感”。其实，他的所得，似尤出于吴均、何逊及高适。清拔孤秀的风格虽同，而他的题材，却不是他们所能有的。这特殊的异国的情调，给他的诗以另一般的风趣与光彩。像《天山雪歌》“北风夜卷赤亭口，一夜天山雪更厚。……将军狐裘卧不暖，都护宝刀冻欲断”，《火山云歌》“火云满山凝未开，飞鸟千里不敢来。……缭绕斜吞铁关树，氛氲半掩交河戍”，《银山碛西馆》“银山碛口风似箭，铁门关西月如练”，《赠酒泉韩太守》“酒泉西望玉关道，千山万碛皆石草”，《优钵罗花歌》“叶六瓣，花九房，夜掩朝开多异香”，《宿铁关西馆》“马汗踏成泥，朝驰几万蹄。雪中行地角，火处宿天倪”，《经火山》“赤焰烧虏云，炎氛蒸塞空”，《热海行》“侧闻阴山胡儿语，西头热海水如煮”等，是风，是沙，是雪，是火云，是热海，这些，都是第一次方被连续地捉入我们的诗里的罢。在“终日风与雪，连天沙复山”（《寄宇文判官》），“秋来唯有雁，夏尽不闻蝉。雨拂毡墙湿，风摇毳幕膻”（《首秋轮台》）的境地里，自然是会有另一种情趣的。他的七言绝句，像《赵将军歌》：

> 九月天山风似刀，城南猎马缩寒毛。
> 将军纵博场场胜，赌得单于貂鼠袍。

写边塞将士们的生活是极为活跃的。又像《碛中作》：

> 走马西来欲到天，辞家见月两回圆。
> 今夜不知何处宿，平沙万里绝人烟。

大约是他第一次“走马西来”的所作吧。其他像《山房春事》二首：

风恬日暖荡春光，戏蝶游蜂乱入房。
数枝门柳低衣桁，一片山花落笔床。

梁园日暮乱飞鸦，极目萧条三两家。
庭树不知人去尽，春来还发旧时花。

情调与他作甚异，但这表白了我们的诗人，也不是不会写作那么清隽可喜之篇什的。

八

这五位诗人之外，还有王昌龄、储光羲、常建、王湾、崔颢、王之涣、祖咏、李颀等若干人。他们都不是依花附草的小诗人。他们也都是各具特殊的作风，驰骋于当世而不屑为他人屈的。

王昌龄，字少伯，京兆人，与高适、王之涣齐名，而昌龄独有“诗天子”的称号。他登开元十五年进士第。为江宁丞。后因不护细行，贬龙标尉，卒。他的诗，绪密思精，多哀怨清溢之作。“秦时明月汉时关”（《出塞》）传诵最盛，实非其至者。像《采莲曲》“乱入池中看不见，闻歌始觉有人来”，《长信秋词》“玉颜不及寒鸦色，犹带昭阳日影来”，《闺怨》“闺中少妇不知愁，春日凝妆上翠楼”，

《芙蓉楼送辛渐》"洛阳亲友如相问，一片冰心在玉壶"等，才足以代表他的作风罢。他作七言绝句甚多，也是最成功者的一个。

王之涣，并州人，与兄之咸、之贲皆有文名。天宝间与王昌龄、崔国辅、郑明联唱迭和，名动一时。《集异记》载：一日天寒微雪，之涣和高适、王昌龄三诗人，共诣旗亭贳酒小饮，听梨园伶官唱诗。三诗人所作，皆为所唱及。独妓中之最佳者，乃唱之涣的"黄河远上白云间，一片孤城万仞山"（《凉州词》）一诗。明清戏曲家演此事之剧本以《旗亭记》为名的，不止一二本而已。

储光羲，兖州人，开元中进士第，历监察御史。禄山乱后，坐陷贼贬官。光羲诗传者颇多，殊有玉石杂混之感。像《洛阳道》：

洛水春冰开，洛城春水绿。
朝看大道上，落花乱马足。

等小诗，似是他较好的成就。

常建在殷璠的《河岳英灵集》中，为所录二十四诗人之冠。建，开元中进士第，大历中为盱眙尉。论者谓他的诗"似初发通庄，却寻野径。百里之外，方归大道。其旨远，其兴僻。佳句辄来，唯论意表"。像他的"松际露微月，清光犹为君"（《宿王昌龄隐居》），"战余落日黄，军败鼓声死"（《吊王将军墓》），"曲径通幽处，禅房花木深。山光悦鸟性，潭影空人心"（《题破山寺后禅院》），都是足当"其旨远，其兴僻"之誉的。

崔颢，汴州人，开元十一年登进士第。官司勋员外郎。天宝十三年卒。他少年为诗，多浮艳语，晚乃风骨凛然，奇造往往并驱江、鲍。后游武昌，登黄鹤楼，感慨赋诗道：“黄鹤一去不复返，白云千载空悠悠。”及李白来，道：“眼前有景道不得，崔颢题诗在上头。”无作而去。颢好蒲博，嗜酒。娶妻择美者，稍不惬，即弃之，凡易三四。他苦吟咏，当病起清虚，友人戏之道：“非子病如此，乃苦吟诗瘦耳。”遂为口实。今传颢诗，仍以艳体为多。像《长干曲》：

君家住何处？妾住在横塘。
停船暂相问，或恐是同乡。

神情大类《子夜》《读曲》。他的歌行，像《赠王威古》“春风吹浅草，猎骑何翩翩”，《行路难》“万万长条拂地垂，二月三月花如霰”，《渭城少年行》“长安道上春可怜，摇风荡日曲江边”等，都是很畅丽的。

王湾，洛阳人，登先天进士第。终洛阳尉。他文名早著，其“海日生残夜，江春入旧年”（《江南意》）之句，当时称最；张说至手题于政事堂。

李颀，东川人，家于颍阳，擢开元十三年进士第，官新乡尉。王世贞谓：“盛唐七言律，老杜外，王维、李颀、岑参耳。”但他的七绝，像《野老曝背》：

百岁老翁不种田，惟知曝背乐残年。

有时扪虱独搔首，目送归鸿篱下眠。

也有独特的风趣。

祖咏，洛阳人，登开元十二年进士第，与王维友善。有司尝试以《终南望余雪》。咏赋道：“终南荫岭秀，积雪浮云端。林表明霁色，城中增暮寒。”仅此四句，就交了卷。或诘之，他道：“意尽！”

又有孙逖，河南人，开元中进士，终太子詹事。崔国辅，吴郡人，为礼部员外郎，后坐事贬晋陵郡司马。卢象，字纬卿，汶水人，以受禄山伪署，贬永州司户。王翰，字子羽，晋阳人，登进士第，为仙州别驾。日与才士豪侠饮乐游畋，坐贬道州司马卒。綦毋潜，字孝通，荆南人，终著作郎。崔曙，宋州人，少孤贫，不应荐辟，苦志高吟。薛据，荆南人，终水部郎中。沈千运，吴兴人，数应举不第。孟云卿，关西人，仕终校书郎。贾至字幼邻，洛阳人，开元中为起居舍人，大历初为京兆尹，右散骑常侍。刘眘虚，江东人，天宝时官夏县令。皆以能诗名。而王翰的《凉州词》“葡萄美酒夜光杯”，尤盛传人口。

参考书目

一、《全唐诗》 有扬州诗局原刊本，有同文书局石印本。

二、《唐百名家诗》 清席氏刊本。

三、《唐四家集》 明仿宋刊本，同文书局石印本。

四、《五十唐人小集》 仁和江氏仿宋刊本。

五、《唐才子传》 元辛文房著，日本《佚存丛书》本。

六、《唐诗纪事》 宋计有功撰，有清刊本，石印本。

七、《全唐诗话》 宋尤袤著，有《历代诗话》本。

八、《唐音癸签》 明胡震亨著，有明刊本。

词的起来

词与诗的区别——词非“诗余”—— 词的来历—— 胡夷之曲与里巷之曲—— 新曲的创作——《回波乐》—— 李隆基—— 李白——元结—— 张志和——《调笑令》与《三台》—— 刘禹锡与白居易——《闲中好》—— 温庭筠—— 李晔、韩偓等

一

五七言诗在唐代，时见之歌坛，但并不是每一首诗都可歌。诗人们每以其诗得入管弦为荣。开元中王昌龄、高适、王之涣旗亭画壁的故事，即是其一例。唐代可歌的曲调，有辞传于世者绝少。崔令钦的《教坊记》，共录曲名三百二十五，为词人所袭用者不过

十一而已。在这三百二十五曲中，究竟有多少是用五七言诗体来歌唱的，今已不可得而知。所可知者，即唐代的歌坛上，所用的歌曲是极为繁夥的，在其间，五七言诗体，也往往“合之管弦”。到了后来，便专名这种可以入乐或“合之管弦”的歌曲为“词”。故后来“词”中，也有《南柯子》《三台令》《小秦王》《瑞鹧鸪》《竹枝》《柳枝》《阿那》等曲，原是七言的律绝体。所以，我们可以说，“词”乃是可歌的乐曲的总称，而五七言诗则未必全是可歌者，必须要“合之管弦”，方能被之声歌。

论者每以“词”为“诗余”。沈括在《梦溪笔谈》里说：“诗之外又和声，则所谓曲也。唐人乃以词填入曲中，不复用和声。”朱熹也说：“古乐府只是诗，中间却添许多泛声。后来人怕失了那泛声，逐一添个实字，遂成长短句，今曲子便是。”（《朱子语类》百四十）他们是主张词由诗变的。其实不然。词和诗并不是子母的关系。词是唐代可歌的新声的总称。这新声中，也有可以五七言诗体来歌唱的。但五七言的固定的句法，万难控御一切的新声。故崭新的长短句便不得不应运而生。长短句的产生是自然的进展，是追逐于新声之后的必然的现象。清人成肇麐说：“其始也，皆非有一成之律以为范也。抑扬抗队之音，短修之节，运转于不自已，以蕲适歌者之吻。而终乃上跻于雅颂，下衍为文章之流别。诗余名词，盖非其朔也。唐人之诗，未能胥被管弦，而词无不可歌者。”（《七家词选序》）这话最有见地。

二

词的来历，颇为多端。但最为重要者则为“里巷之音”和“胡夷之曲”。一种新文体的产生，往往有其很悠久的历史。若蝴蝶然，当其成虫之前，必当经过了毛虫和蛹的阶段。词虽大行于唐末、五代，然其酝酿的时期，则已久了。中国音乐受外来的影响最深。汉代乐歌已杂西域之声。及六朝而更盛行“胡夷之曲”。《隋书·音乐志》叙此种情形甚详。《唐书·音乐志》也说：“自周、隋以来，管弦杂曲将数百曲，多用西凉乐；歌舞曲多用龟兹乐。其曲度皆时俗所知也。”这可见“胡夷之曲”的如何流行于世。词调中，受这种影响最深。我们或可以说，唐、五代、宋词的一部分，便是周、隋以来“胡夷之曲”的被保存下来的歌辞。可惜唐以前，那些胡曲的歌辞皆已不传，或竟往往是有曲而无辞的。故我们于唐末、五代词外，便绝罕得见以前的乐“词”。

因为受了新的“胡夷之曲”的排斥，“古曲”在唐代几乎尽失。《唐书·音乐志》谓：“自长安已后，朝廷不重古曲，工伎转缺。能合于管弦者唯《明君》《杨伴》……等八曲。”

“里巷之曲”亦是“词”的来历之一。如《竹枝词》《杨柳枝》《浪淘沙》《调笑》《欸乃曲》等皆为南方的民歌。刘禹锡说：“里中儿联歌《竹枝》，吹短笛，击鼓以赴节。歌者扬袂睢舞，以曲多为贤。”（《刘宾客集·竹枝词序》）又如张志和有名的《渔歌子》，也当是拟仿当时的渔歌而作者。

初期的“词”，大约只是胡夷、里巷之曲的拟仿。但到了后来，便有自制的新声出现。欧阳炯说道：“《杨柳》《大堤》之句，乐府相传；《芙蓉》《曲渚》之篇，豪家自制。”（《花间集序》）所谓“豪家自制”，便指的是音乐家们的创作了。这些创作的新声，在词调里也有不少。宋人尝写“自度曲”。直到清代，也还有所谓“自度曲”者出现。

三

最早的“词”，或追溯到六朝时代的“长短句”。但“长短句”，即在《诗经》里也有之。这里所谓“词”，则是专指唐以后所产生的可歌的新声而言，故不必远溯到唐以前。武后的时代，是重新声而“不重古曲”的时代。李景伯、沈佺期和裴谈所作的《回波乐》，恰好是“词”的前驱。稍后，有张说的《舞马词》六首，崔液的《蹋歌词》二首。唐明皇（李隆基）最好新声，他自己且是一位大音乐家，其所作《好时光》“彼此当年少，莫负好时光”，正足以表现出那个花团锦簇的开、天时代的背景来。

这时代的大诗人李白，相传也作词。《尊前集》收他的词十二首，《全唐诗》则收十四首。在这十几首词里，误收者当然不少，像《清平乐令》等显然是不会出于他的手笔之下的。至于《菩萨蛮》“平林漠漠烟如织”，《忆秦娥》“西风残照，汉家陵阙”的二首，则辨难者尤多。但这二首“绝妙好辞”虽未必是白所作，其为初期词中的杰作，则是无可置疑的。

元结有《欸乃曲》五首，张志和也有《渔歌子》五首，当都是拟仿里巷之歌的。志和，字子同，婺州金华人。唐肃宗时待诏翰林。后被贬，遂不复出仕，自号烟波钓徒。著有《玄真子》。像《渔歌子》里的：

> 西塞山前白鹭飞，桃花流水鳜鱼肥。青箬笠，绿蓑衣，斜风细雨不须归。

一首，是最为吟诵在人口头的。其兄张松龄见其浪游不归，也尝和其韵以招之。

诗人韦应物、王建、戴叔伦、刘禹锡及白居易皆尝作词。应物作《三台》二首，《调笑令》二首。建写《三台》六首，《调笑令》四首。叔伦作《调笑令》一首。叔伦的“山南山北雪晴，千里万里月明”，是词中罕见的咏吟边情的名作。

刘、白二人拟作民间的《竹枝词》《杨柳枝》《忆江南》诸词不少。像禹锡的一首《竹枝词》：

山桃红花满上头，蜀江春水拍山流。花红易衰似郎意，水流无限似侬愁。

连其意境也全是袭之于民间情歌的了。居易的《浪淘沙》：

借问江潮与海水，何似君心与妾心？相恨不如潮有信，相思始觉海非深。

也似是由浑朴真挚的民歌改写而成的。

河南司隶崔怀宝曾作《忆江南》一首，“平生愿，愿作乐中筝”云云，也甚富于六朝的《子夜》《读曲》的情趣。

唐末，郑符、段成式与张希复三人酬答的《闲中好》三首，清隽可喜。像“闲中好。尘务不萦心。坐对当窗木，看移三面阴”（成式作）云云，后来的词里便很难见到这样浑朴的东西了。

四

唐末大诗人温庭筠是初期词坛上的第一位大作家。他的词，和他的诗一样，也是若明若昧，若轻纱的笼罩，若薄暮初明时候的朦胧的。他打开了词的一大支派，一意以绮靡侧艳为主格，以“有余不尽”“若可知若不可知”为作风。所谓“花间”派，实以他为宗教主。故《花间集》录他的词至六十六首之多，可见其中的消息了。庭筠原是一位大音乐家。《唐书》谓他“能逐弦吹之音，为侧艳之词”。所著有《握兰》《金荃》二集。惜今《握兰》已佚，《金荃》也全非本来面目。欲见温氏之全，已不可能。这是很大的损失！但即就《花间》《金荃》诸集所录者观之，也已略可见出他的风格的一斑了。

词中的“侧艳”一派，先已见之于杜牧之的《八六子》“听夜雨冷滴芭蕉，惊断红窗好梦”一词。然庭筠则是第一个以全力赴于此的词人。他所写的是离情，是别绪，是无可奈何的轻喟，是无名的愁闷。刘禹锡、白居易诸人的拟民歌，全是浑厚朴质之作。到了庭筠，才是词人的词。全易旧观，斥去浅易，而进入深邃难测之佳境。庭筠词的作风，可于下列诸词里见之：

> 水精帘里颇黎枕，暖香惹梦鸳鸯锦。江上柳如烟，雁飞残月天。　藕丝秋色浅，人胜参差剪。双鬓隔香红，玉钗头上风。
>
> ——《菩萨蛮》

> 柳丝长，春雨细，花外漏声迢递。惊塞雁，起城乌，画屏金鹧鸪。　香雾薄，透帘幕，惆怅谢家池阁。红烛背，绣帘垂，梦长君不知。
>
> ——《更漏子》

手里金鹦鹉，胸前绣凤皇，偷眼暗形相。不如从嫁与，作鸳鸯。

——《南歌子》

他所述的是烟，是月，是春雨，是香雾，是水精帘、颇黎枕，是鸳鸯，是凤皇，是金鹧鸪、金鹦鹉，他连选取的对象，也是那么样的绮靡绚煌，金碧眩人！

五

唐昭宗（李晔，867—904）时代，是一个动乱的时代，中原全陷于可惨怖的悍将们的攻掠的铁掌之中。这位诗人皇帝是一筹莫展的。他是唐懿宗的第七子，以公元888年即皇帝位。在朱全忠的剑影刀光之下，偷生苟活了几年，终于在公元904年，为全忠所害。其生活是很可惨的。但正因了这种惨怖的生活，数度的播迁，他的词境便更是深邃动人。惜今所传的篇什极少。像《菩萨蛮》“登楼遥望秦宫殿，茫茫只见双飞燕”，其凄凉悲壮，似有过于著名的传为李白所作的《忆秦娥》“咸阳古道音尘绝”的一首。

韩偓为昭宗的翰林学士承旨，相得极欢，终见恶于朱全忠，贬濮州司马。后复被召，竟不敢应命，避地于闽以卒。他的词，和他的诗相同，也深受温庭筠的影响，像《生查子》：

侍女动妆奁，故故惊人睡。那知本未眠，背面偷垂泪。懒卸凤皇钗，羞入鸳鸯被。时复见残灯，和烟坠金穗。

同时有皇甫松者，字子奇，为湜之子，牛僧孺之婿。《花间集》录其词十一首。独具朗爽之致，不入侧艳一流，像《浪淘沙》：

滩头细草接疏林，浪恶罾舡半欲沉。宿鹭眠鸥飞旧浦，去年沙觜是江心。

此后，便入五代了。词成了五代文学的中心，显出极绚烂的光彩来。唐诗到了温、李已是登峰造极。后乃降到三罗及胡曾、杜荀鹤辈的通俗的体格。物穷则变，大诗人们便皆掉转头来，在另一种的新体的诗，即所谓“词”的当中讨生活。因了采取了崭新的诗体之故，诗坛上便一时更现出异彩新光来，不因五季的丧乱而暗淡下去。这将在下文详提到。

参考书目

一、《隋书•音乐志》见《隋书》卷十三至卷十五。

二、《唐书•音乐志》见《唐书》卷二十八至卷三十一。

三、《教坊记》 崔令钦著，有《古今逸史》本，《古今说海》本，《唐代丛书》本。

四、《乐府杂录》 段安节著，有《古今逸史》本，《古今说海》本。

五、《花间集》 有汲古阁刊《词苑英华》本，有徐氏刊本，有双照楼《景宋金元本词》本，有《四印斋所刊词》本，有《四部丛刊》本。

六、《尊前集》 有汲古阁刊《词苑英华》本，有《彊村丛书》本，有《景宋金元本词》本。

七、《全唐诗》 有原刊本，有同文书局石印本，其第十二函第十册，为唐五代词。

八、《唐五代词选》 成肇麐辑，有原刊本，有商务印书馆铅印本。

九、《全唐五代词》 有商务印书馆铅印本。

十、《中国文学史》中世卷第三篇上册第一章 郑振铎著，商务印书馆出版。

五代文学

文艺中心的移动——温庭筠的影响——所谓“花间派”——蜀中词人：韦庄——王衍——牛峤、毛文锡等——欧阳炯等——波斯人李珣——孟昶——荆南词人：孙光宪——中原词人们：和凝、李存勖——南唐词人：李璟与李煜——冯延巳等——敦煌发现的《云谣集杂曲子》——五代诗人们——五代的散文作家们

一

所谓五代文学指的是：从朱温的即皇帝位（907 年）到南唐的被宋所灭（975 年）的六十余年间的文学。在这短短的六十余年间，中原不曾有一天太平过。我们看见了五次的改姓换代的事。国祚之

长者，如梁，如后唐，皆不过十余年。国祚之短者，如后汉，前后二主，仅只享国四年。又加之以外寇的强梁，石晋至称子称孙于契丹。倒是中原以外的几个偏远的地方，如蜀，如江南，如闽，如越，还可以略略地保持着太平的局面。因之，一部分的文人学士便往往避地于彼间。渐渐地，那些偏远之地，也成了文艺的中心。在其间，尤以西蜀及江南为最重要。

二

五代的文坛，以新体的诗，所谓“词”者为主体。词人们雄踞着当代的各个文艺中心的骚坛上，气焰不可一世。然毕竟逃脱不了温庭筠的影响。温氏的作风几如太阳似的在当代的词坛上无所不照射到。即高才的词人们，像南唐二主，也多少总受有温氏的煦暖。而所谓“花间派”的，则其影响尤为显著。《花间集》以温氏为首，未始没有微旨。总之，以直率浅显为戒，以深邃曲折，迷离惝怳为宗，则是五代词人们所同具的作风。这一流派的势力，长久而且伟大，几乎成了“词”的一体的特色。明白晓畅的“词”，反而成了别调。《花间》一集在中国文学史上乃是一个可怪的诗的热力的中心。

《花间集》为蜀人赵崇祚所编，有欧阳炯的序。序末署着：“时大蜀广政三年（940年）夏四月日。”《花间》之编成，当即在其时。

这时，已在五代的后半叶了。所录于温庭筠、皇甫松外，几全为蜀人，仅一孙光宪是荆南的作家，和凝是中原的词人耳（又有张泌，但与南唐的张泌，似是二人）。崇祚字弘基，仕后蜀为卫尉少卿。五代词之传于世，端赖有此《花间》一集。全书所录“诗客曲子调五百首，分为十卷”。（欧阳炯《序》）所选凡十八人：

温庭筠	六十六首	皇甫松	十一首	韦　庄	四十七首
薛昭蕴	十九首	牛　峤	三十三首	张　泌	二十七首
毛文锡	三十一首	牛希济	十一首	欧阳炯	十七首
和　凝	二十首	顾　敻	五十五首	孙光宪	六十一首
魏承班	十五首	鹿虔扆	六首	阎　选	八首
尹　鹗	六首	毛熙震	三十首	李　珣	三十七首

这十八个词人构成了所谓“花间派”；打开了中国诗中的一条大路，灌溉了后来的无数的诗人的心田，创始了一个最有影响，且根柢最为深固的作风。五代词固不止是“花间派”的作家们，在江南，尚有中、后二主与冯延巳的三位“大手笔”的词人们在着。然南唐二主词与《阳春集》，风格过高，仿之者往往画虎不成，影响究竟不若“花间派”的伟大。他们是大诗人，但并不是影响最大的作家们。故论五代词，究当以《花间》诸作家们为主体。

三

“花间派”词人们的作风，并不纯然如一。也有很浅陋的，像毛文锡、阎选诸人。但追踪于温庭筠之后者究为多数。兹先述蜀中诸词人，然后再及非蜀地的作家们。

蜀中词当始于韦庄。韦庄是一位伟大的诗人，他在五七言诗的领域里，所建树的也很重要。《秦妇吟》为咏吟这个变动时代的长诗；时有“《秦妇吟》秀才”之称。他的词也充分地表现出他的清蒨温馥、隽逸可喜的作风。在他之前，蜀中文学，无闻于世。蜀士皆往往出游于外。李、杜与蜀皆有关系，但并没有给蜀中文学以若何的影响。到了韦庄的入蜀，于是蜀中乃俨然成为一个文学的重镇了。从前后二位后主起，到欧阳炯等诸人止，殆无不受有庄的影响。《花间》的一派，可以说是，虽由温庭筠始创，而实由韦庄而门庭始大的。庄字端己，杜陵人，唐乾宁元年（894年）进士。天复元年（901年）赴蜀，为王建书记。建自立为帝，以庄为丞相。他的词集，名《浣花词》，原本已佚，今人尝辑为一卷。庄的词以写婉娈的离情者为最多。相传他的姬为王建所夺，庄曾作《荷叶杯》一词。姬见此词，不食而死。然此语殊无根。《荷叶杯》的全词如下：

记得那年花下，深夜。初识谢娘时：水堂西面画帘垂，携手暗相期。　惆怅晓莺残月，相别。从此隔音尘。如今俱是异乡人，相见更无因。

观其“如今俱是异乡人”语，似非指被夺之姬；且建似也不至夺庄之姬。庄之所忆，或别有在罢。像《女冠子》：

昨夜夜半，枕上分明梦见，语多时。依旧桃花面，频低柳叶眉。　半羞还半喜，欲去又依依。觉来知是梦，不胜悲！

之类，其情调大都是一贯的。又像庄的《菩萨蛮》：“洛阳城里春光好，洛阳才子他乡老”云云，也是甚有家国之思的。他虽避难于蜀，为建僚属，其不忘“洛阳”故乡的情绪，自然地会流露出来。庄的词可以说是都在这种思乡与忆所恋的情调之下写成了的。

与韦庄同样的由他处入仕于蜀者有牛峤。峤字松卿，一字延峰，陇西人，唐乾符五年（878 年）登进士第。入蜀为王建判官。建即帝位，峤为给事中。有集三十卷。其词传于今者仅《花间集》中所录的三十余首而已。其风格颇浅迫，非温、韦的同群，像《更漏子》：“闺草碧，望归客，还是不知消息。孤负我，悔怜君，告天天不闻。”乃是民间情歌的同道。

但峤之兄子希济，其词虽存者不过十余首，却可看出其为一大诗人。希济仕蜀为御史中丞。降于后唐，明宗拜他为雍州节度副使。其《生查子》数首“语已多，情未了，回首又重道。记得绿罗裙，处处怜芳草”“红豆不堪看，满眼相思泪”，旨甚蕴藉有情致。

前蜀后主王衍（不在《花间集》中）也喜作词，今存者虽不多，却可充分地看出他的富于享乐的情调，正如他的《宫词》所道：“月华如水浸宫殿，有酒不醉真痴人。”著名的《醉妆词》：“者边走，那边走，只是寻花柳。”便是在这种情调之下写出的。

薛昭蕴字里均无考。仕蜀为侍郎。《花间集》列他于韦庄之下，牛峤之上，当为前蜀的词人。他所作，其情调也皆为绮靡的闺情词，像《谒金门》“斜掩金铺一扇，满地落花千片。早是相思肠欲断，忍教频梦见”，和温、韦诸人的风趣是很相同的。

张泌字里也无考。《花间集》称之为“张舍人”。南唐亦有诗人张泌（佖），字子澄，淮南人。初官句容尉。仕李煜为中书舍人，改内史舍人。煜降宋，泌亦随到中原，仍入史馆。然此张泌当非《花间集》中之张泌。《花间》不及录南唐人所作。中主、后主固不会有只字入选；即冯延巳也未及为赵崇祚所注意，何况张泌？南唐的张泌，当后主时代（961—975）始为中书舍人、内史舍人。而《花间集》则编于蜀广政三年（940年），前后至少相差二十余年，如何《花间集》会预先称他为“舍人”呢？唯初期的蜀中词人，类多为外来的迁客，泌或未必是蜀人。泌的词，作风也同温、韦，像“含情无语倚楼西”“早晨出门长带月，可堪分袂又经秋！晚风斜月不胜愁”“天上人间何处去？旧欢新梦觉来时，黄昏微雨画帘垂”（均

《浣溪沙》）；“满地落花无消息，月明肠断空忆”（《思越人》），都是温柔敦厚，与温氏的《菩萨蛮》诸作可以站在一条线上的。而《南歌子》：

柳色遮楼暗，桐花落砌香。画堂开处远风凉。高卷水精帘额、衬斜阳。

一首，尤为《花间》中最高隽的成就之一。

毛文锡是《花间》词人们里最浅率的一位。但他结束了前蜀的词坛，又开始了后蜀的文风。在他以前，蜀中文学是“移民的文学”，在他之后，方才是本土的文学。他的地位也甚重要。他字平珪，南阳人，仕蜀为翰林学士，进文思殿大学士，拜司徒。贬茂州司马。后随王衍降于后唐。孟氏建国，他复与欧阳炯等并以词章供奉内廷。叶梦得评文锡词，谓“以质直为情致，殊不知流于率露”。像“相思岂有梦相寻，意难任”（《虞美人》），“昨日西溪游赏，芳树奇花千样”（《西溪子》），“尧年舜日，乐圣永无忧”（《甘州遍》）云云，诚有浅率之讥。梦得又谓：“诸人评庸陋词，必曰此仿毛文锡之《赞成功》而不及者。”然《赞成功》：

海棠未坼，万点深红，香包缄结一重重。似含羞态，邀勒春风。蜂来蝶去，任绕芳丛。　昨夜微雨，飘洒庭中，忽闻声滴井边桐。美人惊起，坐听晨钟。快教折取，戴玉珑璁。

虽无一般《花间》派的蕴藉之致，却也殊有别趣。在这一方面，文锡的影响确是很不少的。词中“别调”，文锡已导其先路了。

魏承班（一作斑，误）大约是最早的蜀地词人之一罢。他的父亲弘父，为王建养子，封齐王。承班为驸马都尉，官至太尉。他的词也明白晓畅，而较毛文锡为尖丽。《柳塘诗话》谓：“承班词较南唐诸公更淡而近，更宽而尽，人人喜效为之。”然像“王孙何处不归来？应在倡楼酩酊。……梦中几度见儿夫，不忍骂伊薄幸”（《满宫花》）云云，真情坦率，也正不易效为之。同时尹鹗、李珣诸人所作，也都是同样的明浅简净。尹鹗，成都人，事王衍为翰林校书，累官参卿。李珣，字德润，先世本波斯人。他妹妹李舜弦为王衍昭仪。他自己为蜀秀才，大约不曾出仕过。有《琼瑶集》一卷，今已亡佚。然《花间》《尊前》二集，录他的词多至五十四首，也自可成为一集。他虽以波斯人为我们所注意，然在其词里却看不出有什么异国的情调来。像《浣溪沙》：

入夏偏宜澹薄妆，越罗衣褪郁金黄，翠钿檀注助容光。
相见无言还有恨，几回判却又思量，月窗香径梦悠飏。

彻头彻尾仍是《花间》的情调。

顾敻、鹿虔扆、阎选、欧阳炯诸人，也皆为由前蜀入后蜀者。

炯和虔扆、选、文锡及韩琮，时号“五鬼”，颇不为时人所崇戴。然就词而论，炯实为《花间》里堪继温、韦之后的一个大作家。他益州人，初事王衍。前蜀亡后，又事孟氏，进侍郎，同门下平章事。后孟昶降宋，炯也随之入宋，授左散骑常侍。他的词，色彩殊为鲜妍，刻画小儿女的情态也甚为动人。像下二阕的《南乡子》：

嫩草如烟，石榴花发海南天。日暮江亭春影绿，鸳鸯浴。水远山长看不足。

岸远沙平，日斜归路晚霞明。孔雀自怜金翠尾，临水，认得行人惊不起。

其风调是在温庭筠的门庭之内的，似较韦庄尤为近于庭筠。

顾敻，字里未详；前蜀时官刺史，后事孟知祥，官至太尉。《蓉城集》（《历代词话》引）谓：“顾太尉《诉衷情》云：‘换我心为你心，始知相忆深。’虽为透骨情语，已开柳七一派。”这话不错，像“换我心为你心”那样的露骨的深情语，《花间》里是极罕见的。又像“记得那时相见，胆颤。鬓乱四肢柔，泥人无语不抬头”（《荷叶杯》）；“隔年书，千点泪，恨难任！”（《酒泉子》）其恣狂的放荡，也不是温、韦的“蕴藉微茫”之所能包容得下的。

鹿虔扆，字里未详。事孟昶为永泰军节度使，进检校太尉，加太保。《乐府纪闻》谓他“国亡不仕，多感慨之音”。像《临江仙》：

金锁重门荒苑静，绮窗愁对秋空，翠华一去寂无踪。玉楼歌吹，声断已随风。　烟月不知人事改，夜阑还照深宫。藕花相向野塘中，暗伤亡国，清露泣香红。

诚有无限感慨淋漓处，置之《花间》的锦绣堆里，真有点像倚红偎翠，纸醉金迷的时候，忽群客中有一人凄然长叹，大为不称！此作当为前蜀亡时之作。评者或牵涉到孟昶事，却忘记了时代的决不相及。此词被选入公元940年所编辑的《花间集》里，而孟蜀之亡则在公元965年。虔扆当然不会是预先作此亡国之吟的。

阎选字里也未详。《花间集》称之为“阎处士”。当广政时代，他或未及仕途。然其后则和欧阳炯等同秉朝政，有“五鬼”之目。选词直率无深趣，与毛文锡等。

又有毛熙震者，蜀人，官秘书监。他间亦作“暗伤亡国”之语，想也是悼伤前蜀的。像“自从陵谷追游歇，画梁尘黦。伤心一片如珪月，闲锁宫阙”（《后庭花》），足和鹿虔扆的《临江仙》，同为《花间》里的奇葩异卉。熙震所作也甚高隽，像“四支无力上秋千。群花谢，愁对艳阳天”（《小重山》），“天含残碧融春色，五陵薄幸无消息。……寂寞对屏山，相思醉梦间”（《菩萨蛮》）云云，显然也是温、韦的同流。

后蜀主孟昶是一位天才很高的词人皇帝。他是当时许多重要文人的东道主；但他的词却来不及被选入《花间》，在别的选本里也极罕见。

这是极大的一个损失！他的一阕《玉楼春》，苏轼仅记住两句，已为之惊赏不已。尝为足成《洞仙歌》，也不能胜之。《玉楼春》云：

冰肌玉骨清无汗，水殿风来暗香满。绣帘一点月窥人，欹枕钗横云鬓乱。　起来琼户启无声，时见疏星渡河汉。屈指西风几时来，只恐流年暗中换。

写夏景是绝鲜有匹的。

四

荆南词人孙光宪，其所作曾被选入《花间集》中。光宪字孟文，贵平人。唐时为陵州判官。天成初避地江陵。高季兴据荆南，署为从事。累官荆南节度副使，检校秘书，兼御史中丞。后降宋为黄州刺史。他自号葆光子。著《北梦琐言》及《荆台》《笔佣》诸集。在“花间派”词人们里，他是足以和温、韦在一条水平线上的。像“早是销魂残烛影，更愁闻着品弦声，杳无消息若为情”；“揽镜无言泪欲流，凝情半日懒梳头，一庭疏雨湿春愁”（《浣溪沙》）；“小庭花落无人扫，疏香满地东风老。春晚信沉沉，天涯何处寻”（《菩萨蛮》）；“泛流萤，明又灭，夜凉水冷东湾阔。风浩浩，笛寥寥，万顷金波澄澈”（《渔歌子》）云云，都是温、韦所不能屈之于下座的窈渺清隽之什。

和凝（898—955）是中原词人里，唯一的被选入《花间集》里的一位。中原文学，五代时极不足重。韦庄、韩偓、陈陶诸人皆去而之他。真实的伟大作家，不过寥寥可数的几个而已。在其中，和凝无疑的是高出于众人的。凝字成绩，郓州须昌人。他似是一位和冯道同科的谨慎小心的老官僚，故皇帝们的姓氏虽屡次改易，而他始终不失为元老。他在后唐天成中为翰林学士，知贡举。《花间集》的编成，约在此后不久（约后十一二年），故称他为“学士”。石晋时为中书侍郎同门下平章事。刘汉及周初皆为太子太傅。世宗显德二年卒。他所作诗文甚富，有集百卷。尝自篆于版，模印数百帙分赠于人。少好为曲子，布于汴、洛。及入相，契丹号他为“曲子相公”。他的词，较为直率，像“却爱蓝罗裙子，羡他长束纤腰”（《河满子》），“不是昔年攀桂树，岂能月里索姮娥”（《柳枝》）之类，但《薄命女》一阕：

天欲晓，宫漏穿花声缭绕，窗里星光少。冷霞寒侵帐额，残月光沉树杪。梦断锦帏空悄悄，强起愁眉小。

却是《花间》里最好的篇作之一。

未为《花间集》编者所注意的中原词人，还有一位更重要的李存勖（后唐庄宗）。存勖（885—926）为李克用长子，其先本西突厥人。同光元年，灭梁即皇帝位。他酷好音乐，自己能为曲子，与伶人昵游。在位四年，为伶人高从谦所杀。伶人们将他的尸首杂着乐器，一同焚化。《五代史》谓他“既好俳优，又知音能度曲。至今汾、晋之俗，往往能歌其声，谓之御制者，皆是也”。（卷三十七）惜当时无人为之搜集，故传者寥寥可数。然即就这些寥寥可数的篇什里，也可看出其为一个大词人无疑。像“长记别伊时，和泪出门相送。如梦，如梦，残月落花烟重”（《如梦令》）；像：

> 一叶落，搴朱箔，此时景物正萧索。画楼月影寒，西风吹罗幕。吹罗幕，往事思量着。
>
> ——《一叶落》

都是可归在五代的最好的篇什之列的。他和西蜀的李珣同为华化的外国人，但二人同样的华化已深，故在他们的作品里，一点都看不出异国的情调来。

五

五代文学的中心，西蜀外便要数到江南。然江南的词人，《花间集》里是来不及注意到的。（《花间》结集时，南唐建国方才四年。）江南又没有一个赵崇祚来做这种结集的工作，故词人之传者不过三数人而已。二主外，冯延巳、成彦雄并称作家。其他便无闻焉。（《花间》中之张泌，非南唐人，见前。）然南唐文学，“自成片段”，非《花间》所得包括。除成彦雄外，二主、正中无不是真实的大词人，各有其千秋不磨的巨作在着。仅这寥寥三数词人，已足使南唐成为五代文坛最重要的一个中心了。

李璟（916—961）（中主）在公元943年继他父亲李昪为皇帝。周世宗时，去帝号，称唐国主。宋太祖建隆二年卒，年四十六。璟尝戏问冯延巳道：“‘吹皱一池春水’，干卿甚事？”延巳对道：“未若陛下‘小楼吹彻玉笙寒’也。”可见江南君臣之注意于词，乃至以此为戏。惜璟所作，传者不多。其《摊破浣溪沙》二首“青鸟不传云外信，丁香空结雨中愁”“细雨梦回鸡塞远，小楼吹彻玉笙寒”，最负盛名。

李煜（936—978）（后主），字重光，为璟第六子。建隆二年嗣位。开宝八年，曹彬克金陵，煜降于宋。终日以眼泪洗面。太平兴国三年卒，相传系宋太宗以毒药杀之。年四十二。他天才极高，善属文，工书画，尤长于音律。尝著《杂说》百篇，时人以为曹丕《典论》之流。又有集十卷。今皆不传。今所传者，仅零星诗词五十余首而已。他的词人生活，可以天然地划分为两个时期：第一期是少年皇帝的生活，“酒恶时拈花蕊嗅，别殿遥闻箫鼓吹”（《浣溪沙》）；“归时休放烛光红，待踏马蹄清夜月”（《玉楼春》），可谓极人间的富贵豪华。其间且又有些恋爱的小喜剧：“一向偎人颤”“相看无限情”（《菩萨蛮》）。恰有如恬静的绿湖，偶有粼粼的微波，更增其动人之趣。这时代的词，无不清丽可喜。但第二期的词却于清丽之外，更加以沉郁；他的风格遂大变了。第二期是降王的囚居的生活。刻刻要提防，时时遭猜忌。恣情的欢乐时代是远了，不再来了。他的词便也另现了一个境界。鹿虔扆诸人所作是“暗伤亡国”，韦庄所作是故乡的忆念，到了李后主，却是号啕痛哭了。他家国之思，更深更邃，遭际之苦，更切更惨；这个多感的诗人，怎能平息愤气以偷生苟活呢？“故国不堪回首月明中”（《虞美人》）；“烛残漏滴频欹枕，起坐不能平”（《乌夜啼》）；“故国梦重归，觉来双泪垂”（《子夜歌》）；“多少泪，断脸复横颐。心事莫将和泪说，凤笙休向泪时吹，肠断更无疑”（《望江南》）；“金剑已沉埋，壮气蒿莱。晚凉天净月华开。想得玉楼瑶殿影，空照秦淮”（《浪淘沙》）！这样的不讳饰的不平的呼号，都是足以招致猜忌，使他难保令终的。又像《乌夜啼》一阕：

> 无言独上西楼，月如钩，寂寞梧桐深院锁清秋。剪不断，理还乱，是离愁！别是一般滋味在心头。

其沉郁凄凉的情调，都是《花间集》里所找不到的。

冯延巳（903—960），一名延嗣，字正中，广陵人。与弟延鲁皆极得南唐主的信任。延巳初为翰林学士，后进中书侍郎同平章事。有《阳春集》一卷。延巳似未及事后主，故其卒年当在公元 961 年之前。延巳词，蕴藉浑厚，并不一味以绮丽为归，是词中的高境。温、韦、后主之外，五代中殆无第四人足和他并肩而立的。像“庭际高梧凝宿雾，卷帘双鹊惊飞去”（《鹊踏枝》）；“谁道闲情抛弃久，每到春来，惆怅还依旧”（《蝶恋花》）；“疏星时作银河渡，华景卧秋千，更长人不眠”（《菩萨蛮》）；“路遥人去马嘶沉；青帘斜挂里，新柳万枝金”（《临江仙》）；又像：

风乍起，吹皱一池春水。闲引鸳鸯芳径里，手挼红杏蕊。

斗鸭阑干独倚，碧玉搔头斜坠。终日望君君不至，举头闻鹊喜。

——《谒金门》

都是惯以浅近之语，写深厚之情、难状之境的。较之五色斑斓，徒工涂饰而少真趣者，当然要高明得多了。

成彦雄，字文干，与延巳同时，也仕于南唐。延巳和中主以“吹皱一池春水”句相戏的事，或以为系彦雄事。他别有《杨柳枝》词十首，见于《尊前集》，其中像“马骄如练缨如火，瑟瑟阴中步步嘶”，其意境也是很高妙的。

六

在敦煌石室所发现的汉文卷子里，有《云谣集杂曲子》一种，凡录《凤归云》《天仙子》《竹枝子》《洞仙歌》《破阵子》《柳青娘》《渔歌子》《长相思》《雀踏枝》等曲子数十余首，当是晚唐、五代之作。惜皆无作者姓氏。这数十余首曲子的发现，并不是小事。我们所见的初期的词，皆是有名的文人学士之作，大都皆以典雅为归，浅鄙近俗者极少。这数十余首曲子却使我们明白初期的流行于民间的词调是甚等样子的。其中也有很典雅的辞语，但民间的土朴之气终流露于不自觉。这是真正的民间的词，我们不能不特别加以注意的。像“往把金钗卜，卦卦皆虚。魂梦天涯无暂歇，枕上长嘘。待卿回，故日容颜憔悴，彼此何如”（《凤归云》）；“不施红粉镜台前，只是焚香祷祝天”（《竹枝子》）；“尘土满面上，终日被人欺”（《长相思》）等，其设想铸辞，都未脱田间的泥土的气息。除了拜倒在“典雅词”之前的人们外，对于这种浑朴的东西，也决不会唾弃之的。其中最好的篇什，像《雀踏枝》：

巨耐灵鹊多满语，送喜何曾有凭据！几度飞来活捉取，锁上金笼休共语。 比拟好心来送喜，谁知锁我在金笼里？

欲他征夫早归来，腾身却放我向青云里。

少妇和灵鹊的对语，是如何的俏皮可喜！这种风趣，文人学士们的词里，似还不曾拟仿到过呢。

与《云谣集杂曲子》同时在敦煌被发现者，尚有《叹五更》《孟姜女》《十二时》等民间杂曲。这些杂曲，如《叹五更》《孟姜女》等，今尚流行于世，想不到其渊源是如此的古远！像“一更初，自恨长养枉生躯。耶娘小来不教授，如今争识文与书”（《叹五更》），“鸡鸣丑，擿木看窗牖。明来暗自知，佛性心中有”（《禅门十二时》）之类，似通非通，是其特色。《云谣集杂曲子》尚为“斗方名士”之作，此则诚出于初识之无的和尚或平民之手下的了。

七

这时代的五七言诗坛也并不落寞。晚唐的诸派竞鸣的盛况，此时代仍然继续下去。不过诗人们因中原丧乱之故，已多散之四方。老诗人韩偓则避地于闽，司空图则隐于中条山，罗隐则迁于浙，韦庄、贯休诸人则西走于蜀。若说起这时代诗坛的情形来，也很值得费一点篇幅。先从诗人最多的蜀中说起。韦庄自然是领袖人物。他的《秦妇吟》是在未入蜀以前所作的。他站在封建统治者的立场上，刻画出“乱离”的景象来。“东邻有女眉新画，倾城倾国不知价。长戈拥得上戎车，回首香闺泪盈把。旋抽金线学缝旗，才上雕鞍教走马。有时马上见良人，不敢回眸空泪下！”而“乱”后，则“大道俱成棘子林，行人夜宿长安月。明朝晓至三山路，百万人家无一户”。如此比较真实的描状，是统治阶级所嫌忌的，固不仅“内库烧为锦绣灰，天街踏尽公卿骨”云云，为时人所骇怪也，《秦妇吟》之不传，殆因此故。今始随敦煌诸汉文书籍的发现而复出现。他的《浣花集》里的诗，也都很可诵。

和尚诗人贯休，字德隐，俗姓姜氏，兰溪人。七岁出家。初客吴、越，与钱王相忤。于天复中西走益州。王建父子礼遇甚隆。署号禅月大师，终于蜀。年八十一。有《禅月集》。他的诗多清苦之趣。

词人欧阳炯曾作着几首精心结构的长诗，像《贯休应梦罗汉画歌》《题景焕画应天寺壁天王歌》，皆是空前罕见的伟宏精工之篇作，足为五代的诗坛生光彩。

女作家花蕊夫人以《宫词》著称。她青城人，姓徐氏（一作费氏），幼能文。孟昶深爱之，赐号花蕊夫人。后昶降宋，夫人也随去。相传她在宋，甚为赵匡胤所爱幸，一旦被匡义引箭射杀之。作《宫词》者，自唐王建外，代有其人，然大都出外臣之手，往往记载失实。花蕊夫人之作，却是以宫中人写宫中事，故很可注意。

南唐诗人也甚多。后主及冯延巳、成彦雄皆能作五七言体。此外又有韩熙载、李建勋、张泌、伍乔、沈彬、孟贯诸人。熙载字叔言，北海人，仕南唐为虞部员外。建勋字致尧，陇西人，仕南唐为中书侍郎同平章事。他们皆是北人仕南者。熙载有《奉使中原署馆壁》一诗："仆本江北人，今作江南客。再去江北游，举目无相识"云云，是很足为这时代许多离乡背井的诗人们写出胸臆中事来的。

张泌（一作佖），淮南人，其诗很鲜妍。沈彬是一个老诗人。曾仕吴为秘书郎。伍乔，庐江人，南唐时举进士第，仕至考功员外郎。孟贯，字一元，建安人，后入仕于周。

又有徐铉、徐锴兄弟，也善诗。铉字鼎臣，与韩熙载齐名江东，谓之韩、徐。仕南唐为吏部尚书，降宋，为散骑常侍。有《骑省集》。锴字楚金，仕唐为集贤殿学士。他尝作《说文系传》四十卷，至今犹为文字学上的经典。

中原的诗人们，初期有老作家杜荀鹤、曹唐、胡曾、方干等，后又有和凝、王仁裕、冯道、李涛诸人。他们都是老官僚，意境自不会高隽。冯道的"但知行好事，莫要问前程"（《天道》）云云，正可作为代表作。其中唯和凝、李涛二人所作较为清丽。

此外，闽地诗人，有颜仁郁（字文杰，泉州人），王延彬（审知弟之子）等；长沙诗人，有徐仲雅（一作东野，其先秦中人，事马氏为天洲府学士）；荆南诗人有僧齐己。齐己和贯休齐名，是五代的两个大诗僧。他名得生，姓胡，潭州益阳人。尝欲入蜀，经江陵，为高从晦所留，居龙兴寺。自号衡岳沙门。有《白莲集》十卷。他的诗殊多清韵。像"幽院才容个小庭，疏篁低短不堪情。春来犹赖邻僧树，时引流莺送好声"（《幽斋偶作》）。颇不似僧人之作。

八

五代的散文殊无足述。江南的徐铉，曾作《稽神录》六卷。谈神说鬼，殊无情趣。史虚白作《钓矶立谈》，纪南唐琐事，也没有什么重要。谭峭的《化书》，较有名，是当时散文坛上的罕见之作。石晋时，刘昫奉诏撰《唐书》二百卷，也可算是混乱的五代里最伟大的一部史籍。

参考书目

一、《花间集》 蜀赵崇祚编，有双照楼、四印斋、徐氏及《四部丛刊》等诸通行本。

二、《尊前集》 无编者姓氏，有《词苑英华》本，《彊村丛书》本。

三、《全唐诗》 其中第十二函第十册，所载皆唐五代词。

四、《唐五代二十家词》 王国维编，有《王忠悫公遗书》四集本。

五、《唐五代词选》 成肇麐编，有光绪间江宁刊本，有商务印书馆本。

六、《全唐诗》 第十一函第四册到第六册所载皆五代诗。

七、《旧五代史》 薛居正著，有通行《二十四史》本。

八、《新五代史》 欧阳修著，有通行《二十四史》本。

九、《十国春秋》 吴任臣撰，有顾氏小石山房刊本。

十、《唐才子传》 辛文房著，有日本《佚存丛书》本。（《佚存丛书》有商务印书馆影印本。）

变文的出现

敦煌写本发现的经过——敦煌写本的时代——民间叙事诗：《太子赞》与《季布歌》等——“变文”的发现——伟大的体制——印度文体的影响——“变文”产生的时代——“变文”的进展——《维摩诘经变文》——《降魔变文》——《目连救母变文》——《佛本行集经变文》等——非佛教故事的变文：《伍子胥变文》《明妃变文》《舜子至孝变文》

一

在二十几年前（1907 年 5 月），有一位为英国政府工作的匈牙利人斯坦因（A. Steine）到了中国的西陲，从事于发掘和探险。

他带了一位中国的通事蒋某，进入甘肃敦煌。他风闻敦煌千佛洞石室里有古代各种文字的写本的发现，便偕蒋某同到千佛洞，千方百计，诱骗守洞的王道士出卖其宝库。当他归去时，便带去了二十四箱的古代写本与五箱的图画绣品及他物。这事与中世纪的艺术、文化及历史关系极大。其中图画和绣品都是无价之宝，而各种文字的写本尤为重要。就汉文的写本而言，已是近代的最大的发现。在古典文学，在历史，在俗文学等上面，无在不发现这种敦煌写本的无比的重要。这消息传到了法国，法国人也派了伯希和（Paul Pelliot）到千佛洞去搜求。同样地，他也满载而归。他带了不多的样本到北京，中国官厅方才注意到此事。行文到甘肃提取这种写本。所得已不多。大多数皆为写本的佛经，其他略略重要些的东西，已尽在英、法二国的博物院、图书馆里了。又经各级官厅的私自扣留，精华益少（今存北京图书馆）。但斯坦因第二次到千佛洞时，王道士还将私藏的写本，再扫数卖给了他。这个宝库遂空无所有，敦煌的发现，至此告了一个结束。

千佛洞的藏书室，封闭得很早。今所见的写本，所署年月，无在公元第十世纪(北宋初年)之后者。可见这库藏是在那时闭上了的。室中所藏卷子及杂物，从地上高堆到十英尺左右。其容积约五百立方英尺。除他种文字的写本外，汉文的写本，在伦敦者有六千卷，在巴黎者有一千五百卷，在北京者有八千五百卷。散在私家者尚有不少，但无从统计。这万卷的写本，尚未全部整理就绪，在伦敦的最重要的一部分，也尚未有目录刊出。其中究竟有多少藏宝，我们尚没有法子知道。但就今所已知者而论，其重要已是无匹。研究中国任何学问的人们，殆无不要向敦煌宝库里做一番窥探的工夫，特别是关于文学一方面。

二

上文已说到敦煌所发现的民间俗曲及词调。此外尚有更重要的民间叙事歌曲及“变文”。民间歌曲今所见者有《孝子董永》《季布歌》《太子赞》等，都是气魄很宏伟的大作；虽然文辞很有些粗率的地方，但无害其想象的奔驰，描状的活泼。《太子赞》叙述释迦牟尼出家修道事，以五七言相间成文，组织另具一体，像“车匿报耶殊，太子雪山居。路远人稀烟火无，修道甚清虚”云云，当是以五七言体去凑合了梵音而歌唱着的，故不得不别创此新体。

《孝子董永》叙董永行孝事。民间熟知的二十四孝，便有董永的一“孝”在着。此故事最早的记载，见于传为刘向作的《孝子传》。干宝的《搜神记》也有之。董永父母死，无钱葬埋他们，乃卖身于一富翁家。中途遇天女降下，嫁他为妻。生一子后，又腾空而去。这大约是一个很古远的民间传说，和流行于世界最广的“鹅女郎”型的故事是很相同的。但《孝子董永》后半所说董仲寻母事，却是他处所未有的。后来的民间传说，乃以董仲为汉初的董仲舒，更是可笑。《孝子董永》全篇皆用七言，白字连篇，间有不成语处，但无害其为很伟大的叙事诗。《季布歌》也是如此，全篇也都是七言的。叙的是：季布助项羽以敌刘邦。邦得天下后，到处搜购布。布卒得以智自脱。尚有一种《季布骂阵词》，当是本文的前半段。

三

但敦煌写本里的最伟大的珍宝，还不是这些叙事歌曲以及民间杂曲等等。它的真实的宝藏乃是所谓“变文”者是。“变文”的发现，在我们的文学史上乃是最大的消息之一。我们在宋、元间所产生的诸宫调、戏文、话本、杂剧等都是以韵文与散文交杂组成起来的。我们更有一种宏伟的“叙事诗”，自宋、元以来，也已流传于民间，即所谓“宝卷”“弹词”之类的体制者是。它们也是以韵、散交组成篇的。究竟我们以韵、散合组成文来叙述、讲唱，或演奏一件故事的风气是如何产生出来的呢？向来只当是一个不可解的谜。但一种新的文体，绝不会是天上凭空落下来的；若不是本土才人的创作，便当是外来影响的输入。在唐以前，我们所见的文体，俱是以纯粹的韵文，或纯粹的散文组织起来的。（《韩诗外传》一类书之引诗，《列女传》一类书之有“赞”，那是引用“韵文”作为说明或结束的，并非韵散合组的新体的起源。）并没有以韵文和散文合组起来的文体。这种新文体究竟是如何产生的呢？在什么时候产生的呢？最可能的解释，是这种新文体是随了佛教文学的翻译而输入的。重要的佛教经典，往往是以韵文散文联合起来组织成功的；像“南典”里的《本生经》（*Jataka*），著名的圣勇（Aryasura）的《本生鬘论》（*Jataka-mala*）都是用韵、散二体合组成功的。其他各经，用此体者也极多。佛教经典的翻译日多，此新体便为我们的文人学士们所耳濡目染，不期然而然地也会拟仿起来了。但佛教文学的翻译，也和近来的欧洲文学的翻译一样，其进行的阶段，是先意译而后直译的。初译佛经时，只是利用中国旧文体，以便于览者。其后，才开始把佛经的文体也一并拟仿了起来。所以佛经的翻译，虽远在后汉、三国，而佛经中的文体的拟仿，则到了唐代方才开始。这种拟仿的创端，自然先由和佛典最接近的文人们或和尚们起头，故最早的以韵、散合组的新文体来叙述的故事，也只限于经典里的故事。而“变文”之为此种新文体的最早的表现，则也是无可疑的事实。从诸宫调、宝卷、平话以下，差不多都是由“变文”蜕化或受其影响而来的。

“变文”是什么东西呢？这是一种新发现的很重要的文体。虽已有了千年以上的寿命，却被掩埋在西陲的斗室里，已久为世人所忘记。——虽然其精灵是蜕化在诸宫调、宝卷、弹词等里，并不曾一日灭亡过。原来“变文”的意义，和“演义”是差不多的。就是说，把古典的故事，重新再演说一番，变化一番，使人们容易明白。正和流行于同时的“变相”一样；那也是以“相”或“图画”来表现出经典的故事以感动群众的。“变文”和“变相”在唐代都极为流行；没有一个庙宇的巨壁上，不绘饰以“地狱变相”等壁画的（参看张彦远的《历代名画记》）。同样地，大约没有一个庙宇不曾讲唱过“变文”的罢。

起初，变文只是专门讲唱佛经里的故事。但很快地便为文人们所采取，用来讲唱民间传说的故事，像伍子胥、王昭君的故事之类。最早的变文，我们不知其发生于何时，但总在开元、天宝以前吧。我所藏的一卷《佛本生经变文》，据其字体，显然是中唐以前的写本。又《降魔变文》序文上有：“伏惟我大唐汉朝圣主，开元、天宝圣文神武应道皇帝陛下，化越千古，声超百王；文该五典之精微，武析九夷之肝胆”云云的颂圣语，其为作于玄宗的时代无疑。王定保的《唐摭言》记张祜对白乐天说道：“明公亦有《目连变》。《长恨词》云：‘上穷碧落下黄泉，两处茫茫皆不见。’岂非‘目连访母’耶？”是《目连变》之类的东西，在贞元、元和时代，在士大夫阶级里也已成为口谈之资。巴黎国家图书馆藏的《维摩诘经变文》第二十卷之末，有“于州中窟明寺开讲，极是温热”云云的题记。当是在窟明寺讲唱此变文，大得听众的欢迎后所写的罢。《卢氏杂记》（《太平广记》卷二百四引）载：“文宗善吹小管。时法师文溆为入内大德。一日，得罪流之。弟子入内收拾院中籍入家具辈，犹作法师讲声。上采其声为曲子，号《文溆子》。”《乐府杂录》也载：“长庆中，俗讲僧文叙，善吟经，其声宛畅，感动里人。”文叙竟有“俗讲僧”之称，可见中晚唐时代，僧徒之为俗讲是很流行的事。这些都可见供讲唱的变文，在中晚唐时代的流行是并非模糊影响之事。至于变文到了什么时候才在社会上消失了势力了呢？宋真宗（998—1022）曾禁止除了道、释二教之外的一切异教，而僧侣们的讲唱变文，也被明令申禁。我们可以说，在公元第十世纪之末，随了敦煌石室的封闭，“变文”也一同遭埋入了。然宋代有说经、说参请的风气，和说小说、讲史书者同列为“说话人”的专业，则“变文”之名虽不存，其流衍且益为广大的了。所谓宋代说话人的四家，殆皆是由“变文”的讲唱里流变出来的罢。

四

“变文”的名称，到了最近，因了几种重要的首尾完备的“变文”写本的发现，方才确定。在前几年，对于“变文”一类的东西，是往往由编目者或叙述者任意给它以一个名目的。或称之为“俗文”，或称之为“唱文”，或称之为“佛曲”，或称之为“演义”，其实都不是原名。又或加《明妃变文》以《明妃传》之名，《伍子胥变文》为《伍子胥》，或《列国传》，也皆是出于悬度，无当原义。我在商务版的《中国文学史》中世卷第三篇第三章《敦煌的俗文学》里，也以为这种韵、散合体的叙述文字，可分为“俗文”和“变文”。现在才觉察出其错误来。原来在“变文”外，这种新文体，实在并无其他名称，正如“变相”之没有第二种名称一样。

这种新文体的“变文”，其组织和一部分以韵、散二体合组起来的翻译的佛经完全相同；不过在韵文一部分变化较多而已。翻译的佛经，其“偈言”（韵文的部分）都是五言的；而变文的歌唱的一部分，则采用了唐代的流行的歌体或和尚们流行的唱文，而有了五言、六言、三三言、七言，或三七言合成的十言等的不同。在一种变文里，也往往使用好几种不同体的韵文。像《维摩诘经变文》第二十卷：

> 我见世尊宣敕命，令问维摩居士病。
> 初闻道着我名时，心里不妨怀喜庆。
> 金口言，堪可敬，无漏梵音本清净，
> 依言便合入毗耶，不合推辞阻大圣。
> 愿世尊，慈悲故，听我今朝恳词诉。

这是以七言为主，而夹入“三三言”的。像《大目乾连冥间救母变文》：

> 或有劈腹开心，或有面皮生剥。
> 目连虽是圣人，急得魂惊胆落。
> 目连啼哭念慈亲，神通急速若风云。

这是以七言、六言相夹杂的。但大体总是以七言为主体。这种可唱的韵文，后来便成了“定体”。在宝卷和弹词一方面，其唱文差不多都是如此布置着的。鼓词的唱文，也不过略加变化而已。

说到“变文”的散文一部分，则更有极可注意之点在着。我在上文说到唐代传奇文及古文运动时，皆曾提起过，唐代的通俗文乃是骈俪文，而古文却是他们的“文学的散文”。这话似乎颇骇俗，但事实是如此。以骈俪体的散文来写通俗小说，武后时代的张鷟在《游仙窟》里已尝试过。今日所见的敦煌的变文，其散文的一部分，几没有不是以骈俪文插入应用的，更可证明了这一句话的真实性。自六朝以至唐末好几百年的风尚，已使民间熟习了骈偶的文体。故一使用到散文，便无不以对仗为宗。尽管不通、不对，但还是要一排一排地对下去。这是时代的风气，无可避免的。只有豪杰之士，才开始知道用“古文”。古文之由“文学的散文”解放而成为民间的通用的文字，那是很后来的事呢。像中晚唐时代，所用的散文，殆无不是如下列一样的：

> 阿修罗，执日月以引前；紧郁罗，握刀枪而从后。于时，风师使风，雨师下雨，湿却嚣尘，平治道路。神王把棒，金刚执杵。简择骁雄，排比队伍。然后吹法螺，击法鼓，弄刀枪，振威怒。动似雷奔，行如云布。
>
> ——《降魔变文》

五

“变文”之存于今者，就已发现者而言，已有四十余种。现尚陆续在出现。它不仅是敦煌写本里最重要的东西，也将是敦煌写本里除佛经外，最常见的东西了。今将讲唱佛经故事的变文与讲唱非佛经故事的变文，分为两部分，择其重要者略叙于下。

讲唱佛经故事的变文，最重要者是《维摩诘经变文》。《维摩诘经》原是释经里最富于文学趣味者之一，复被讲唱者将这故事作为“变文”，放大了许多倍，更成为一部宏伟无比的杰作；可以说我们文学史里未之前见的一部大“史诗”。今所知者，已有二十卷之多，但其间残缺了不少。经文的一百余字，这位伟大的讲唱者总至少要把它演成三四千字，写得又生动，又工致，又隽妙。可惜我们至今仅获读其数卷，尚不能将所残存者抄录得全耳。《文殊问疾》第一卷，藏上虞罗氏，叙述佛使文殊到维摩诘处问疾事。佛先在会上，问五百圣贤，八千菩萨，皆曰不任，无人敢去，结果是文殊应命而去。巴黎所藏的，有第二十卷，叙的是，佛使弥勒菩萨、光严童子等去问疾，而彼等皆不欲去，并追述往事，声诉所以不能去之故。卷末有“广政十年八月九日在西川静直禅院写此第廿卷”云云。当是抄写者的所记。

北京图书馆藏有《持世菩萨》第二卷，叙述持世菩萨艰苦修行，魔王波旬欲破坏其道行，便幻为帝释之状，从二千天女，鼓乐弦歌，来诣持世修行之所，但持世不为所惑事。其描状极绚丽隽好之致：

波旬自乃前行，魔女一时从后。擎乐器者，喧喧奏曲，响聒青霄；爇香火者，澹澹烟飞，氤氲碧落。竞作奢衣美貌，各申窈窕仪容。擎鲜花者，共花色无殊；捧珠珍者，共珠珍不异。琵琶弦上，韵合春莺；箫笛管中，声吟鸣凤。杖敲羯鼓，如抛碎玉于盘中，手弄秦筝，似排雁行于弦上。轻轻丝竹，太常之美韵莫偕。浩浩唱歌，胡部之岂能比对。妖容转盛，艳质更丰。一群群若四色花敷，一队队似五云秀丽。盘旋碧落，宛转清霄。远看时意散心惊，近睹者魂飞目断。从天降下，若天花乱雨于乾坤；初出魔宫，似仙娥芬霏于宇宙。天女咸生喜跃，魔王自已欣欢。此时计较得成，持世修行必退。容貌恰如帝释，威仪一似梵王。圣人必定无疑，持世多应不怪。天女各施于六律，人人调弄五音。唱歌者诈作道心，供养者假为虔敬。莫遣圣人省悟，莫交菩萨觉知。发言时直要停藤，税调处直如稳审。各请擎鲜花于掌内，为吾烧沉麝于炉中。呈珠颜而剩逞妖容，展玉貌而更添艳丽。浩浩箫韶前引，喧喧乐韵齐声。一时皆下于云中，尽入修禅之室内。（吟）魔王队仗利天宫，欲恼圣人来下界。广设香花申供养，更将音乐及弦歌。清冷空界韵嘈嘈，影乱云中声响亮。胡乱莫能相比并，龟慈不易对量他。遥遥乐引出魔宫，隐隐排于霄汉内。香爇烟飞和瑞气，花擎寮乱动祥云。琵琶弦上弄春莺，箫笛管中鸣锦凤。

又有《降魔变文》，本于《贤愚经》，叙舍利弗和六师斗法事。六师凡五次输败，遂服佛家的威力，不复与佛为梗。前在《敦煌零拾》里，仅见到一小部分，已惊其宏伟奇丽，不可迫视。今得读全文，更为快心！其描述佛家与六师的斗法，以《西游记》的孙行者、二郎神的斗法对读之，《西游记》只有“甘拜下风”耳。姑举一段：

六师闻语，忽然化出宝山，高数由旬。钦岑碧玉，崔嵬白银，顶侵天汉，藂竹芳薪，东西日月，南北参辰。亦有松树参天，藤萝万段。顶上隐士安居，更有诸仙游观，驾鹤乘龙，仙歌聊乱。四众谁不惊嗟，见者咸皆称叹。舍利弗虽见此山，心里都无畏难。须臾之顷，忽然化出金刚。其金刚乃作何形状？其金刚乃头圆像天，天圆只堪为盖，足方万里，大地才足为砧。眉郁翠如青山之两崇，口暇暇犹江海之广阔。手执宝杵，杵上火焰冲天。一拟邪山，登时粉碎。山花萎悴飘零，竹木莫知所在。百僚齐叹希奇，四众一时唱快。故云，金刚智杵破邪山处。若为：

六师忿怒情难止，化出宝山难可比，

崭岩可有数由旬，紫葛金藤而覆地。
山花郁翠锦文成，金石崔嵬碧云起。
上有王乔丁令威，香水浮流宝山里。
飞仙往往散名华，大王遥见生欢喜！
舍利弗见山来入会，安详不动居三昧。
应时化出大金刚，眉高额阔身躯磈。
手持金杵火冲天，一拟邪山便粉碎。
于时帝王惊愕，四众忻忻。此度既不如他，未知更何神变？

但在许多讲唱佛教故事的变文里，最为流行者还是《目连救母变文》，这变文有种种不同的本子。伦敦有《大目乾连冥间救母变文》一卷，巴黎有《目连缘起》，北京有《目连救母变文》数卷；事实皆大同小异，文句也多相同的。可见这故事在当时流传的普遍，固不仅张祜之戏白居易以“《目连变》”云云也。在这些异本里，以伦敦的一本为最完备。首有序，叙七月十五日“天堂启户，地狱门开”，盂兰会的缘起；末有“贞明七年辛巳岁四月十六日净土寺学郎薛安俊写”云云。这故事成为后来宝卷、戏文的张本，至今在民间尚有很大的势力。这变文叙述佛的弟子目连，出家为僧，以善因得证阿罗汉果。借了佛力，他上了天堂，见到父亲，但母亲却不知何在。佛说：“她在地狱中呢。”目连便遍历地狱，历睹惨状，最后到了阿鼻地狱，才见到他母亲青提夫人。她借佛力，出了这地狱，但不能出饿鬼道，见食即化为火。目连悲戚，无法可施。佛乃教他于七月十五日建兰盆大会，可以使她一饱。但她饱后，忽又不见。乃已转生人世，变为黑狗之身。最后，目连又借佛力，使她脱离了狗身，到天上去受快乐。这部变文，虽没有《维摩诘》《降魔》的伟宏奇丽，但关系极大。在中国的一切著作里，这可以说是最早的详尽的叙述周历地狱的情况的；其重要有若《奥特赛》（*Odyssey*）、《阿尼特》（*Aeneid*）及《神曲》诸史诗。

此外，尚有《佛本行集经变文》《八相成道经变文》《有相夫人升天变文》《佛本生经变文》《地狱变文》等，皆较为简短，且俱首尾残缺，不知其原名为何。在其间，《佛本生经变文》，叙述释迦牟尼以身喂饿虎的事，其结构也殊宏丽，且就其字体看来，实是中唐的写本，今所见的变文的写本，时代无在其前者。

六

讲唱非佛教故事的变文，今所知者有：《列国志变文》，叙述伍子胥的故事（巴黎也藏有一卷《伍子胥》）；《明妃变文》，叙述王昭君和番事；《舜子至孝变文》，叙述舜的故事。《舜子至孝变文》恐怕是最早的把舜的故事传说化了的；写那瞽叟历次的受了后妻的鼓弄，要想设计陷害舜。而舜也每次都得脱逃出来。颇富于

“神仙故事”的趣味。大约其中是附加上了不少民间故事的成分进去了罢。最奇特的结构，是每次后母要陷害舜时，总是说着：

> 自从夫去辽阳，遣妾勾当家事，前家男女不孝。

瞽叟听完了后妻的陷害之计后，也总是说道：

> 娘子虽是女人，设计大能精细。

这是任何变文里所不曾见过的格调。《列国志变文》，也极有堪以注意处。其间叙伍子胥逃难时，见到他的妻子，但不敢相认。他妻子乃举药名以暗示他：“妾是仵茄之妇，细辛早仕于梁。就礼未及当归，使妾闲居独活”云云，这大约也是民间所最喜爱的“文章游戏”的一端罢。《明妃变文》已缺首段，其结束，则叙明妃在胡，抑抑不乐而死。死后，汉使祭她的青冢。这大约便是后来的明妃投黑水而死的传说的前驱。《明妃变文》分上下二卷，在上卷之末，有云：

> 上卷立铺毕，此入下卷。

这是一个很重要的消息，使我们可以明白后来的许多“欲知后事如何，且听下回分解”的云云，在中国的最早的根源是在什么地方。宋人“话本”之由“变文”演变而来，这当也是例证之一罢。

参考书目

一、《沙州文录》二卷　蒋斧编，罗福苌补，有上虞罗氏铅印本。

二、《敦煌零拾》七卷　罗振玉编，有上虞罗氏铅印本。

三、《敦煌遗书第一集》　法国伯希和、日本羽田吉合编，有上海东亚考古会印本。凡大小二册，为一部。

四、《敦煌劫余录》　陈垣编，有新出铅印本。

五、《敦煌掇琐》　刘复编，第一辑已出版，有中央研究院印本。

六、《佛曲叙录》　郑振铎著，见于《小说月报》号外《中国文学研究》。

七、《中国文学史》中世卷第三篇上册　郑振铎著，商务印书馆出版。

北宋词人

词的黄金时代——北宋词的三期——三期的特色——第一期的作家们：晏殊、欧阳修、范仲淹、张先等——欧阳修词的伪作者刘辉——晏几道、宋祁、王安石——第二期的作家们：柳永、苏轼、秦观、黄庭坚等——黄庭坚的白话词——贺铸、程垓等——赵令畤、王诜——女作家魏夫人——第三期的作家们：周邦彦、吕渭老、向镐、朱敦儒等——皇帝词人赵佶与女作家李清照

一

敦煌俗文学的影响，在北宋的文坛上还未十分显著。我们猜想，这些俗文学、叙事诗、民间歌曲与变文等，必已在民间十分地流行

着，然而文人学士却完全不加以注意。大多数的文人学士却还在那里长歌曼吟着流传于他们的一个阶级及与他们的一个阶级接触最繁的歌妓舞女阶级之间的词，提倡着载道的古文与古来相传的五七言古律诗。词在唐末与五代，已成了文人学士的所有物，民间虽仍在流行着，然已染上了不少的“文”气，加上了不少的雅词丽句，离俗文学的本色日远，换一句话，即离民间的爱好亦日远。他们几乎为文人学士的阶级所独占。他们的不能诉之于诗古文的情绪，他们的不能抛却了的幽怀愁绪，他们的不欲流露而又压抑不住的恋感情丝，总之，即他们的一切心情，凡不能写在诗古文辞之上者无不一泄之于词。所以词在当时，是文人学士所最喜爱的一种文体。他们在闲居时唱着，在登临山水时吟着，他们在絮语密话时微讴着，在偎香倚玉时细诵着，他们在欢宴迎宾时歌着，在临歧告别时也唱着。他们可以用词来发“思古之幽情”，他们可以用词来抒写难于在别的文体中写出的恋情，他们可以用词来庆寿迎宾，他们可以用词来自娱娱人。总之，词在这时已达到了它的黄金时代了。作家一作好了词，他便可以授之歌妓，当筵歌唱。“十七八女孩儿按执红牙拍，歌‘杨柳岸晓风残月’。”这个情境岂不是每个文人学士都所羡喜的。所以，凡能作词的，无论文士武夫，小官大臣，都无不喜作词。像秦七，像柳三变，像周清真诸人，且以词为其专业。柳三变更沉醉于妓寮歌院之中，以作词给她们歌唱为喜乐。所以我们可以说一句，在词的黄金时代中，词乃是文人学士的最喜用之文体。词乃是与文人学士相依傍的歌妓舞女的最喜唱的歌曲。换言之，词在这个黄金时代中，乃是盛传于文人学士的一个阶级及与文人学士的一个阶级最接近的歌女阶级中的一个文体。到了最后，词之体益尊且贵，且已有了定型，词的生命便日益邻于“没落”了。我们猜想，当时民间或仍流行着唱词的风气，非文人学士的阶级，或仍保存了或模拟着文人学士的唱词的习惯。然而文的词语已日渐地高雅了，词的格调已日渐地艰隐了，词的情绪已日渐地晦暗隐约了。听者固未必深明其义，即唱者也只能依腔照唱而已。所以这一个时代的民间的听词者，或已到了“耳熟其音而心昧其义”之时了。当时的人，往往讥嘲柳三变的词太俗，然而哪一位词人的词，有柳氏的词那样的流行呢？柳氏的词所以能够“有井水饮处，即能歌”之者，正以其词之浅近，能够通俗。其实柳氏已太高雅，其音调虽甚谐俗，其辞语恐已未必为当时民间所能懂得。

综言之，词的黄金时代恰可当于“北宋”的这一个时期。到了北宋以后，词的风韵与气魄便渐渐地近于“日落黄昏”之境了。

二

北宋的词坛，约可分为三个时期。第一个时期是柳永以前。这是晏殊、范仲淹、欧阳修的时代。在这个时代里，《花间》派与二主、冯延巳的影响，尚未能尽脱。真挚清隽是其特色，奔放的豪情却是他们所缺少的。他们只会作《花间》式的短词，却不会作缠绵宛曲的慢调。他们会写“寸寸柔肠，盈盈粉泪，楼高莫近危栏倚，平芜尽处是春山，行人更在春山外”（欧阳修《踏莎行》）；他们会写“绿酒初尝人易醉，一枕小窗浓睡”（晏殊《清平乐》）；他们会写“山映斜阳天接水，芳草无情，更在斜阳外”（范仲淹《苏幕遮》）。他们却不会写“都门帐饮无绪，留恋处，兰舟催发。执手相看泪眼，竟无语凝噎。念去去千里烟波，暮霭沉沉楚天阔”（柳永《雨霖铃》）。他们更不会写“便携将佳丽，乘兴深入芳菲里，拨胡琴语，轻拢慢捻总伶俐，看紧约罗裙，急趣檀板，霓裳入破惊鸿起。正颦月临眉，醉霞横脸，歌声悠扬云际。任满头红雨落花飞，渐鳷鹊楼西玉蟾低，尚徘徊未尽欢意”（苏轼《哨遍》）。

第二个时期是创造的时候。这一个时期是柳永的，是苏轼的，是秦观、黄庭坚的。但柳永的影响在当时竟笼罩了一切，连苏门的“秦七、黄九”也都脱不了他的圈套。东坡的词却为词中的一个别支，在当时没有什么人去仿效，其影响要过了一百余年后才在辛弃疾他们的作品里表现出来。所以这一个时期，我们也可以说它是“柳永的时代”。《吹剑续录》说：“东坡在玉堂日，有幕士善歌，因问：‘我词比柳耆卿何如？’对曰：‘柳郎中词只好十七八女孩儿按执红牙拍，歌杨柳岸晓风残月；学士词须关西大汉执铁绰板，唱大江东去。’公为之绝倒。”按此语大约指东坡《念奴娇》诸词而言。其实东坡词亦多绮丽隽妙者，不尽如“大江东去”之朴质有若史论。柳永词每谐于音律，东坡词则为“曲子内缚不住者”。然这两位大作家，亦有一个同点，即二人皆注意于慢词，皆趋于豪放宛曲的一途。这是他们与第一个时期中诸作家的不同之点。又，第一期多用旧调，而这一期则多自行创作新调，以便唱歌。前期的诸大家往往非音律家，而这一期中的大家柳永便是一位深通于音律的人。所以他能够写许多慢词，他能够创许多新调。

第三个时期是深造的时期，也可以说是周美成的时代。在这一个时期里，音律更为注重，“曲子内缚不住”的作品已经是绝无仅有的了。新的歌调仍在创造，而第二期的豪迈不羁的精神则渐渐地不见了。综言之，第三期的精神，可以称它为循规蹈矩的时代。第一期的清隽健朴的特质，他们是没有的；第二期奔放雄奇的特色，他们又是没有。他们的特质是严守音律，是日益趋于修斫字句，即在严格的词律之中，以清丽婉美之辞章，写出他们的心怀。他们实开辟了南宋词人的先路。但在这一期的最后，却有两个大词人出现，其精神与作风却与周美成他们不同，这两个大词人是：皇帝词人赵佶，与女流作家李清照。宋徽宗词近似李后主。清照的词则回复到第二期的豪放，而不流入粗鄙，有第一期的清隽，而又具豪情逸思，实是这一期里最大的一个词人。

三

第一期的大作家，当以晏殊、欧阳修、范仲淹、张先为首。但他们的崛起，离五代词人的最后几个，已经是近一百年了。北宋的初年，东征西讨，人不离骑，马不离鞍，注意于词者绝少。及曹彬、潘仁美他们削平了诸国，构成了大一统的局面以后，降王降臣奔凑于皇都，文化的事业大为发达。又有《太平御览》《太平广记》《文苑英华》的编纂，似乎词坛应该很热闹的了。然而当时的词的作者，除了降王李煜，降臣欧阳炯等之外，却没有什么新兴的作家。我们与其以李煜、欧阳炯等为盛代的先驱，还不如以他为“残蝉的尾声”为更妥切些。真实的一个大时代的先驱，乃是晏殊他们，而非李煜他们。

在晏殊之前，有几个词人，应一为叙及。徐昌图，莆阳人，宋太祖时守国子博士，后迁至殿中丞。他的词不多，然如《临江仙》之“残灯孤枕梦，轻浪五更风”诸语，也很美隽。潘阆字逍遥，有《逍遥词》，仅存《酒泉子》十首，皆咏杭州西湖的景色者。有几首写得很好。如“别来几向画阑（一作图）看，终是欠峰峦”“三三两两钓鱼舟，岛屿正清秋”“寒鸦日暮鸣还聚”之类，皆可称得起是“好句”。寇准的词，未脱《花间》的衣钵，但较为浅露。王禹偁在北宋初，乃是一位很重要的五七言诗作者。他偶作小词，也颇有意绪。像《点绛唇》，可为一例：

雨恨云愁，江南依旧称佳丽。水村渔市，一缕孤烟细。天际征鸿，遥认行如缀。平生事，此时凝睇，谁会凭栏意。

钱惟演虽为降王之子，居大位，然而他的小词却甚为动人，不失为一位很好的诗人。他的《玉楼春》："城上风光莺语乱，城下烟波春拍岸。……情怀渐变成衰晚，鸾镜朱颜惊暗换。昔年多病厌芳樽，今日芳樽惟恐浅。"黄叔旸谓："此暮年作，词极凄惋。"但第一个大词人有意于为词，且为之而工者当推晏殊。

晏殊（991—1055）字同叔，江西抚州临川人。他是一个大天才，七岁便能文。"景德初以神童荐。召与进士千余人并试庭中。殊神气不慑，援笔立就，赐进士出身"（《宋史》本传）。帝且使他尽读秘阁书。每有谘访，率用方寸小纸，细书问之。后事仁宗，尤加信爱。仕至观文殿大学士卒。他的生平可算是"花团锦簇"的一位诗人生活。他卒后，赠谥元献。当时知名之士如范仲淹、孔道辅、欧阳修皆出其门。性刚峻，遇人以诚。一生自奉如寒士。"为文赡丽，尤工诗，闲雅有情意"（《宋史》本传）。有集二百四十余卷。然他的最大的成功，他的诗人的真面目，却完全寄托在他的词中。他的诗不足以代表他，他的散文更不足以表现他。他的《珠玉词》虽仅一百数十首，却完全把这位"花团锦簇"、钟鸣鼎食的"诗人大臣”的本来面目表现出来了。人生什么都能够看得透，只有恋情是参不破的，什么都能够很容易地志得意满，唯有恋情却终似明月般的易缺难圆。晏殊在这一方面似乎也是深尝着它的滋味的。他的儿子几道曾说道：“先君平日小词虽多，未尝作妇人语也。”但这话是不对的。“月好谩成孤枕梦，酒阑空得两眉愁，此时情绪悔风流”（《浣溪沙》）；“为我转回红脸面”（同上）；“且留双泪说相思”（同上）；“落花风雨更伤春，不如怜取眼前人”（同上）；“鬓亸欲迎眉际月，酒红初上脸边霞，一场春梦日西斜”（同上）；“东城南陌花下，逢着意中人”（《诉衷情》）；“何况旧欢新宠阻心期，满眼是相思”（《凤衔杯》）；“未知心在阿谁边？满眼泪珠言不尽”（《玉楼春》）；“当时轻别意中人，山长水远知何处”（《凤衔杯》）；“消息未知归早晚，斜阳只送平波远”（《蝶恋花》）；“浓睡觉来鹦乱语，惊残好梦无寻处”（同上）；“昨夜西风凋碧树，独上高楼，望尽天涯路”（同上）；“那堪更别离情绪，罗巾掩泪，任粉痕沾污，争奈向千留万留不住”（《殢人娇》），这些都不是“情语”吗？同叔之未脱这些妇人语，正足见其未脱尽《花间》派的衣钵。《贡父诗话》说：“元献尤喜冯延巳歌词，其所自作亦不减延巳乐府。”他的成就的高处，确足以闯入延巳之室。

同时的词人范仲淹（989—1052），其词存者不过寥寥几首，却无一首不是清隽绝伦。仲淹字希文，吴县人，大中祥符八年进士。仕至枢密副使，参知政事。卒谥文正。有集。像下面的二词，都是使我们读之唯恐其尽的：

碧云天，黄叶地，秋色连波，波上寒烟翠。山映斜阳天接水，芳草无情，更在斜阳外。　黯乡魂，追旅思，夜夜除非，好梦留人睡。明月楼高休独倚，酒入愁肠，化作相思泪。

——《苏幕遮·怀旧》

塞下秋来风景异，衡阳雁去无留意，四面边声连角起。千嶂里，长烟落日孤城闭。　浊酒一杯家万里，燕然未勒归无计，羌管悠悠霜满地。人不寐，将军白发征夫泪。

——《渔家傲·秋思》

欧阳修有《六一居士词》。我们在他的散文中，只见到他是一位道貌俨然的无感情的学者；在他的五七言诗中，我们也很难看出他是怎样富于感情的一位诗人。但在他的词中，却不意将他的道学假面具全都卸下来了。他活泼泼地，赤裸裸地将他的诗人生活，表现在我们之前。“莲子与人长厮类，无好意，年年苦在中心里”；“天与多情丝一把，谁厮惹，千条万缕萦心下”；“脉脉横波珠泪满，归心乱，离肠便逐星桥断”（以上皆《渔家傲》）。我们可想见他的恋情，也必是有一段苦趣的。宋人小说里，因有永叔盗甥之说。王铚《默记》载永叔的《望江南》，他说：“奸党因此诬公盗甥。公上表自白云：丧厥夫而无托，携孤女以来归。张氏此时，年方七岁。钱穆父素恨公，笑曰：此正学簸钱时也。欧知贡举，下第举人，复作《醉蓬莱》讥之。”此说在当时流传一定很盛，所以许多人竭力为他辩明。陈质斋说：“欧阳公词，多有与《花间》《阳春》相混。亦有鄙亵之语厕其中。当是仇人无名字所为也。”罗长源说：“公尝致意于《诗》，为之本义，温柔宽厚，所得深矣。今词之浅近者，前辈多谓是刘辉伪作。”我们看，在《醉翁琴趣外编》里，有许多为《六一词》所不收的词，很可怪，像“更问假如，事还成后，乱了云鬟，被娘猜破”（《醉蓬莱》）；“空泪滴，真珠暗落。又被谁，连宵留着？不晓高天甚意：既付与风流，却恁薄情！细把身心自解，只与猛拼却。又及至，见来了，怎生教人恶”（《看花回》）；“相思字一时滴损，便直饶伊家总无情，也拼了一生，为伊成病”（《洞仙歌令》）；“才会面，便相思，相思无尽期。这回相见好相知，相知已是迟”（《阮郎归》）。这似和《六一词》的作风，太不相同了，显然不是出于同一词人的手笔。当便是所谓刘辉的伪作罢。但这一类的词，实在不坏，在《花间》《阳春》里，我们找不到那么真情而朴质的东西。假如果是刘辉所作，则他也当是一位大词人了。或他仅是集了当时的民歌也难说。像《六一词》里的：

柳外轻雷池上雨，雨声滴碎荷声，小楼西角断虹明。阑干倚处，待得月华生。　燕子飞来窥画栋，玉钩垂下帘旌，凉波不动簟纹平。水精双枕，旁有堕钗横。

——《临江仙》

和刘辉之作较之，当然立刻便可见到其不同来的。

张先（990—1078），字子野，吴兴人，为都官郎中。有《安陆词》一卷。先与柳永齐名。《古今诗话》载有一段故事："有客谓子野曰：人皆谓公张三中，即心中事，眼中泪，意中人也。公曰：何不目之为张三影？客不晓。公曰：云破月来花弄影；娇柔懒起，帘压卷花影；柳径无人，堕飞絮无影。此余平生所得意也。"而"三影"中尤以"云破月来花弄影"为最著于人口，其全文如下：

> 水调数声持酒听，午醉醒来愁未醒。送春春去几时回？临晚镜，伤流景，往事后期空记省。　沙上并禽池上暝，云破月来花弄影。重重帘幕密遮灯。风不定，人初静，明日落红应满径。
>
> ——《天仙子》

在先的小词里，有许多句子真是娇媚欲泛出纸面，像"闻人话着仙卿字，瞋情恨意还须喜。何况草长时，酒前频见伊"（《菩萨蛮》）；"牡丹含露真珠颗，美人折向帘前过。含笑问檀郎：花强妾貌强？檀郎故相恼，刚道花枝好。花若胜如奴，花还解语无"（《菩萨蛮》）；"密意欲传，娇羞未敢。斜偎象板还偷睑。轻轻试问借人么？佯佯不觑云鬟点"（《踏莎行》）诸语，哪一个字不是若十七八女郎之倩笑的。他亦间作慢词，却都未见得好。他有技巧而没有豪迈奔放的气势，有纤丽而没有健全创造的勇力，仍是第一期的词人。

更有几个人也可附在第一期中。晏几道字叔原，殊幼子，监颍昌许田镇。有《小山词》。黄庭坚称其词能“寓以诗人之句法，清壮顿挫，能动摇人心”。后来论者亦称其词聪俊，出入于温、韦之间，而尤胜于大晏。程叔彻说：“伊川闻诵晏叔原‘梦魂惯得无拘检，又踏杨花过谢桥’，笑曰：‘鬼语也。’意亦赏之。”他是一个十足的诗人，所以“常欲轩轾人，而不受世之轻重”。虽因此不得在上位，而词亦因此日工。像：

彩袖殷勤捧玉钟，当年拚却醉颜红。舞低杨柳楼心月，歌尽桃花扇底风。　从别后，忆相逢，几回魂梦与君同。今宵剩把银釭照，犹恐相逢是梦中。

——《鹧鸪天》

可作为他的代表作。

宋祁（998—1061）字子京，安州安陆人。天圣中进士。累官翰林学士承旨。卒赠尚书，谥景文。有《出麾小集》《西洲猥稿》。子京词名甚著，然其词传者不多。像《玉楼春》：

东城渐觉风光好，縠皱波纹迎客棹。绿杨烟外晓寒轻，红杏枝头春意闹。　浮生长恨欢娱少，肯爱千金轻一笑。为君持酒劝斜阳，且向花间留晚照。

最为脍炙人口，竟使他得了“红杏枝头春意闹尚书”之号。

王安石有词一卷。以他这样的一位用世的名臣，宜乎气格与别的词人们不同。他的词脱尽了《花间》的习气，推翻尽了温、韦的格调，另自有一种桀傲不群的气韵，足为苏、辛做先驱。像《桂枝香》，是其一例：

> 登临送目，正故国晚秋，天气初肃。千里澄江似练，翠峰如簇。归帆去棹残阳里，背西风、酒旗斜矗。彩舟云淡，星河鹭起，画图难足。　念往昔繁华竞逐，叹门外楼头，悲恨相续。千古凭高，对此谩嗟荣辱。六朝旧事随流水，但寒烟、芳草凝绿。至今商女，时时犹唱《后庭》遗曲。

其实安石的词，也尽有十分清隽的，像“晚来何物最关情，黄鹂三两声”（《菩萨蛮》）；“尘不到，时时自有春风扫”（《渔家傲》）；“山桃溪杏两三栽，为谁零落为谁开”（《浣溪沙》）诸语。也尽有许多深情缱绻的，如“而今误我秦楼约，梦阑时，酒醒后，思量着”（《千秋岁引》）；“红笺寄与烦恼，细写相思多少。醉后几行书字小，泪痕都揾了”（《谒金门》）。

四

第二期的词，是慢词最盛的时代。柳永虽未必为慢词的创造者，却是慢词的代表人。与他抗立的大词人是苏轼。轼的门下，如秦七（观）、黄九（庭坚）等，都是很受永的影响的。所以我们可以说，这一期是柳永及其跟从者的时期。

苏轼可以说是“非职业”的词人，柳永则为“职业的”词人。苏轼的一生，爱博而无所不能，以其绝代的天才，雄长于当时的词坛、诗坛、文坛。然柳永的一生，却专精于“词”。他除词外没有著作，他除词外没有爱好，他除词外没有学问。相传宋仁宗留意儒雅，深斥浮艳虚华之文。永则好为淫冶之曲，传播四方。尝有《鹤冲天》词云：“忍把浮名，换了浅斟低唱。”及临轩放榜时，特落之，说道：“且去浅斟低唱吧，何要什么浮名。”其后，他另改了一个名字，方才得中。永的初名是三变，字耆卿，崇安人。景祐元年进士。官至屯田员外郎，故世号“柳屯田”。有《乐章集》。他的一生生活，真可以说是在“浅斟低唱”中度过的。他的词大都在“浅斟低唱”之时写成了的，他的灵感大都是发之于“倚红偎翠”的妓院中的，他的题材大都是恋情别绪，他的作词大都是对妓女少妇而发的，或代少妇妓女而写的。他的文辞因此便异常浅近谐俗，深投合于妓女阶级的口味，为这些妓女阶级所能传唱，所能口唱而心知其意，所能欣赏而深知其好处，所能受感动而怅惘不已。所以他的词才能流传极广，“凡有井水饮处，即能歌柳词”。但颇为学人所鄙。李端叔说：“耆卿词，铺斜展衍，备足无余。较之《花间》所集，韵终不胜。”孙敦立说：“耆卿词虽极工，然多杂以鄙语。”黄叔旸说：“耆卿长于纤艳之词，然多近俚俗。”对于他的能谐俗之一点，大约是当时的许多词人所同意诟病于他的。例如“平生自负风流才调，口儿里道知张、陈、赵……阎罗大伯曾教来道，人生但不须烦恼，遇良辰，当美景，追欢买笑”（《传花枝》）；“几多狎客看无厌，一辈舞童功不到……而今长大懒婆娑，只要千金酬一笑”（《木兰花》）之类，诚不免于鄙俗无诗趣。然他的词格却不止于这个境地。这些原是他的最下乘的东西。他的名作，其蕴藉动人处，真要“十七八女孩儿按执红牙拍”以唱之，才能尽达得出来的。苏轼曾拈出“霜风凄紧，关河冷落，残照当楼”，以为“唐人佳处，不过如此”。他的情调，几乎是千篇一律的“羁旅悲怨之辞，闺帷淫媟之语”。然千篇的情调虽为一律，千篇的辞语却未有相同的。他的词，百变而不离其宗的是旅思闺情，然却能以千样不同的方法，千样不同的辞意传达之，使我们并不觉得它们的重复可厌。我们如果读《花间》《尊前》过多，往往有雷同冗复之感。在柳永的《乐章集》中，这个缺点，他却常能很巧妙地避去了。这是他的慢词最擅长之一点，也是他的最足以使我们注意的一点。我们试读下面的几首词：

洞房记得初相遇，便只合、长相聚。何期小会幽欢，变作离情别绪。况值阑珊春色暮，对满目、乱花狂絮。直恐好风光，尽随伊归去。　一场寂寞凭谁诉？算前言、总轻负。早知恁地难拚，悔不当时留住。其奈风流端正外，更别有、系人心处。一日不思量，也攒眉千度。

——《昼夜乐》

寒蝉凄切，对长亭晚，骤雨初歇。都门帐饮无绪，留恋处，兰舟催发，执手相看泪眼，竟无语凝噎。念去去千里烟波，暮霭沉沉楚天阔。　多情自古伤离别，更那堪冷落清秋节。今宵酒醒何处？杨柳岸、晓风残月。此去经年，应是良辰好景虚设。便纵有千种风情，更与何人说。

——《雨霖铃》

耆卿词的好处，在于能细细地分析出离情别绪的最内在的感觉，又能细细地用最足以传情达意的句子传达出来。也正在于“铺叙展衍，备足无余”。《花间》的好处，在于不尽，在于有余韵。耆卿的好处却在于尽，在于“铺叙展衍，备足无余”。《花间》诸代表作，如绝代少女，立于绝细绝薄的纱帘之后，微露丰姿，若隐若现，可望而不可即。耆卿的作品，则如初成熟的少妇，“偎香倚暖”，恣情欢笑，无所不谈，谈亦无所不尽。所以五代及北宋初期的词，其特点全在含蓄二字，其词不得不短隽。北宋第二期的词，其特点全在奔放铺叙四字，其词不得不繁辞展衍，成为长篇大作。这个端乃开自耆卿。

耆卿的影响极大。秦少游本以短隽擅场，却也逃不了耆卿的范围。《高斋词话》说："少游自会稽入都，见东坡。东坡曰：'不意别后，公却学柳七作词。'少游曰：'某虽无学，亦不至如是。'东坡曰：'销魂当此际，非柳七语乎？'"少游至此，也只好愧服了。少游如此，其他更可知了。东坡词虽取境取意与柳七绝异，然在奔放铺叙一方面，当也是暗受耆卿势力的笼罩的。

苏轼的影响，在当时虽没有柳七大，然实开了南宋的辛、刘一派，成为词中的一个别支。故论者每以为东坡的小词似诗；又以为东坡"以诗为词，如雷大使之舞，虽极天下之工，要非本色"（陈师道语）。东坡他自己也尝说："生平有三不如人。"谓着棋、吃酒、唱曲也。他的词"虽工而多不入腔，盖以不能唱曲故耳"。晁补之也说："东坡居士词，人谓多不谐音律。然横放杰出，自是曲子中缚不住者。"但东坡词实有两个不同的境界。这两个境界，固不同于《花间》，也有异于柳七。一个境界是"横放杰出"，不仅在作"诗"，直是在作史论，在写游记。例如《念奴娇》：

大江东去，浪淘尽、千古风流人物。故垒西边，人道是、三国周郎赤壁。乱石穿空，惊涛拍岸，卷起千堆雪。江山如画，一时多少豪杰。　遥想公瑾当年，小乔初嫁了，雄姿英发。羽扇纶巾，谈笑间、强虏灰飞烟灭。故国神游，多情应笑我、早生华发。人生如梦，一尊还酹江月。

以及如“老夫聊发少年狂，左牵黄，右擎苍”（《江城子》），“荷蒉过山前，曰，有心也哉此贤”（《醉翁操》）诸词皆是。这一个境界，所谓“横放杰出”者，诚不是曲中所能缚得住的。不过像《减字木兰花》：

贤哉令尹，三仕已之无喜愠。我独何人，犹把虚名玷搢绅。

不如归去，二顷良田无觅处。归去来兮，待有良田是几时？

却有点过于枯瘠，无丝毫诗意含蓄着，乃是他的词最坏的一个倾向。

然东坡的词境，还有另一个境地，另一种作风。这便是所谓“清空灵隽”作品。这使东坡成了一个绝为高尚的词人。黄庭坚谓东坡的《卜算子》一词：“语意高妙，似非吃烟火食人语。”胡寅谓：“词在东坡，一洗绮罗香泽之态，使人登高望远，举首浩歌，超乎尘埃之外。于是《花间》为皂隶，柳氏为舆台矣。”张炎说：“东坡词，清丽舒徐处，高出人表，周、秦诸人所不能到。”这些好评，非在这一个境界里的词，不足以当之。像：

缺月挂疏桐，漏断人初静。时见幽人独往来，缥缈孤鸿影。

惊起却回头，有恨无人省。拣尽寒枝不肯栖，寂寞沙洲冷。

——《卜算子》

冰肌玉骨，自清凉无汗。水殿风来暗香满。绣帘开、一点明月窥人，人未寝，欹枕钗横鬓乱。　起来携素手，庭户无声，时见疏星渡河汉。试问夜如何？夜已三更，金波淡、玉绳低转。但屈指、西风几时来，又不道、流年暗中偷换。

——《洞仙歌》

读了这一类的词，我们还忍说他须“关西大汉”执铜琵琶、铁绰板来唱吗？还忍责备他不谐音律吗？将这些清隽无伦的诸词，杂置于矫作“绮罗香泽之态”的诸词中，真如逃出金鼓喧天的热闹场，而散步于“一天凉月清于水”，树影倒地，花香微闻的僻巷，其隽永诚可久久吟味的。他的词集，有《东坡居士词》。

五

黄庭坚、秦观、晁补之、张耒四人，被称为苏门四学士。然在词一方面，他们四个人，差不多都可以说不曾受过东坡什么影响。庭坚自有其独到之处。观则杂受《花间》、柳七之流风而融冶之于一炉。晁、张二人则间有可喜的隽语而已，并不是什么大家。

黄庭坚（1045—1105）有《山谷词》。他的词，可分为两个完全不同的方面。第一方面是传统的作品，第二方面却是他自己所大胆特创的作风。他的传统的词，颇有人批评之，如晁补之所谓："黄鲁直小词固高妙，然不是当行家语，是着腔子诗。"至于第二方面的作品，论者则直以"时出俚浅，可称伧父"（陈师道语）二语抹煞之而已。但像"银灯生花如红豆，占好事、如今有。人醉曲屏深，借宝瑟、轻招手。一阵白苹风，故灭烛、教相就"（《忆帝京》）云云，即在一般传统的作品中也不能不算是佳作。若他的第二方面的特创之作，则恐怕除了当时的俗客歌伎之外，所谓雅士文人是再也不会赏识它们的了。在这方面的作品里，他尽量地引用了当时的方言俗语入词；更尽量地模拟着当时流行的民歌的作风。他的大胆的解放，可说是"词史"上所未曾有的。柳永曾被论者同声称为"鄙俗"，然《乐章集》中引用俗语方言之处，如庭坚之"奴奴睡也奴奴睡"（《千秋岁》）；"有分看伊，无分共伊宿。一贯一文跷十贯，千不足，万不足"（《江城子》）诸句，却从来不曾见过。永的词，毕竟还是文人学士的词。若庭坚的词，则真为一般市井人所完全明白，所完全知道其好处者。

对景还销瘦，被个人、把人调戏，我也心儿有。忆我

> 又唤我，见我嗔我。天甚教人怎生受！看承幸厮勾，又是樽前眉峰皱。是人惊怪，冤我忒撋就。拼了又舍了，定是这回休了，及至相逢又依旧。
>
> ——《归田乐引》

更有许多首，杂着好些北宋时代的方言俗语，非今日所能解，只好不引之了。他有时也染着最坏的民歌的习气，以文字为游戏。例如“你共人女边着子，争知我门里挑心”（《两同心》）；“似合欢桃核，真堪人恨，心儿里有两个人人”（《少年心》）。“女边着子”是“好”字，“门里挑心”是“闷”字，“人”字盖即“仁”字的谐音。庭坚自言，法秀道人曾诫他说：“笔墨劝淫，应堕犁舌地狱。”他答曰：“不过空中语耳。”他又说，晏几道词较他尤为纤淫，应堕何等地狱！其实几道的情语恋辞，哪里有他那么样的深刻。

秦观（1049—1100）有《淮海词》。晁补之说：“近来作者皆不及少游。如‘斜阳外，寒鸦数点，流水绕孤村’，虽不识字人亦知是天生好言语。”蔡伯世说：“子瞻辞胜乎情，耆卿情胜乎辞，辞情相称者惟少游而已。”然他的气魄却没有耆卿大，他的韵格却没有子瞻高，在大胆创造一方面，他的能力，竟也没有鲁直那么雄厚。他是一个谨慎小心的作者，是一个深刻尖峻的诗人，最善于置景借辞，遣情使语的。他的小令，受《花间》及第一期作家的影响很深，确有许多不可磨灭的名言隽语，足以令人讽吟不已，像：

> 遥夜沉沉如水，风紧驿亭深闭。梦破鼠窥灯，霜送晓

寒侵被。无寐，无寐，门外马嘶人起。

——《忆仙姿》

他的慢词，则颇受影响于柳永；子瞻曾经指出，他自己也曾默认。但他的慢词毕竟不是柳永的；他自有一种婉约轻圆的作风，为永所不能及。今试举一例如下：

山抹微云，天粘衰草，画角声断谯门。暂停征棹，聊共引离尊。多少蓬莱旧事，空回首、烟霭纷纷。斜阳外，寒鸦数点，流水绕孤村。　消魂。当此际，香囊暗解，罗带轻分。谩赢得、青楼薄幸名存。此去何时见也，襟袖上、空染啼痕。伤情处，高城望断，灯火已黄昏。

——《满庭芳》

相传少游性不耐聚稿，间有淫章醉句，辄散落青帘红袖间。故今传者并不甚多。

晁补之（1053—1110）有《鸡肋词》《逃禅词》。陈质斋以为补之词，佳者不逊于秦七、黄九。然补之的诗才本不甚高，即其最佳的作品，视之秦七、黄九也实在不及。他没有秦七那么婉约多姿，也没有黄九那么苍劲有力。

张耒（1054—1114）在元祐诸词人中，作词最少。诸人皆有词集，耒则无之。计其所作，仅《风流子》及《少年游》《秋蕊香》

三词传于世而已。然此三词皆甚有风致。像《秋蕊香》：

帘幕疏疏风透，一线香飘金兽。朱阑倚遍黄昏后，廊下月华如昼。　别离滋味浓如酒，令人瘦。此情不及墙东柳，春色年年依旧。

六

这时代的词人如夏云春雨似的绵绵不绝。苏、柳、黄、秦外，更有贺铸、李之仪、陈师道、毛滂、程垓、谢逸、周紫芝、晁冲之、陈克、李廌、王观、张舜民诸家。

贺铸（1052—1125）字方回，卫州人。元祐中，通判泗州，又倅太平州。退居吴下，自号庆湖遗老。有《东山寓声乐府》。张耒谓："贺铸《东山乐府》妙绝一世。盛丽如游金、张之堂，妖冶如揽嫱、施之袪，幽索如屈、宋，悲壮如苏、李。"陆游云："方回状貌奇丑，俗谓之贺鬼头。其诗文皆高，不独工长短句也。"铸有小筑，在姑苏盘门之外十余里，地名横塘。方回往来其间，作《青玉案》云：

凌波不过横塘路，但目送、芳尘去。锦瑟年华谁与度？月台花榭，绮窗朱户，惟有春知处。　碧云冉冉蘅皋暮，彩笔新题断肠句。试问闲愁都几许？一川烟草，满城风絮，梅子黄时雨。

此词盛传于世。后黄庭坚赠以诗云：“解道江南肠断句，只今惟有贺方回。”周紫芝云：“方回少为武弁。小词有‘梅子黄时雨’之句，人呼为贺梅子。”

李之仪字端叔，无棣人。历枢密院编修官，通判原州。徽宗初，提举河东常平。坐事编管太平。遂居姑熟。有《姑溪词》。他的小词，殊“清婉峭蒨”。毛晋说，之仪的小令“更长于淡语，景语，情语”。之仪的“淡语”或未为当时斗红竞绿的词人们所赏。然像《卜算子》：

我住长江头，君住长江尾。日日思君不见君，共饮长江水。

此水几时休？此恨何时已？只愿君心似我心，定不负相思意。

直是《子夜辞》《读曲歌》中的最好之作。

陈师道有《后山长短句》。他自己于词颇自矜许。但实未足以与秦、黄并驱。毛滂字泽民，江山人。尝知武康县，又知秀州。有《东堂词》。其中，小令特多，但慢词亦有甚工者。程垓字正伯，眉山人，为东坡中表之戚。有《书舟词》。其“沉木熨香年似日，薄云垂帐夏如秋”（《望江南》）诸语，为《古今词话》所赏；杨慎也甚称其《酷相思》诸作。谢逸字无逸，临川人，第进士。有《溪堂词》。他的《花心动》："风里杨花轻薄性，银烛高烧心热。香饵悬钩，鱼不轻吞，辜负钓儿虚设。桑蚕到老丝长绊，针刺眼、泪流成血。思量起，粘枝花朵，果儿难结。"沈天羽谓："此词句句比方，用《小雅·鹤鸣》篇体也。"周紫芝字少隐，宣城人。举进士。为枢密编修，守兴国。有《竹坡词》。孙竞序他的词，以为"竹坡乐章，清丽婉曲，非苦心刻意为之"。既非苦心刻意为之，故颇饶自然之趣。像《醉落魄》：

> 江天云薄，江头雪似杨花落。寒灯不管人离索，照得人来，真个睡不着。　归期已负梅花约，又还春动空飘泊。晓寒谁看伊梳掠？雪满西楼，人坐阑干角。

晁冲之字叔用，一字川道，巨野人，有《具茨集》。他是补之的从兄弟。他的词，也颇有情致。

陈克字子高，临海人，侨寓金陵。元丰间，以吕安老荐入幕府，得官。有《赤城词》。陈质斋以为"子高词格颇高丽，晏、周之流亚也"。以"高丽"二字评克的词，克诚足以当之无愧。如他的《菩萨蛮》：

> 绿芜墙绕青苔院，中庭日淡芭蕉卷。蝴蝶上阶飞，风帘自在垂。　玉钩双语燕，宝甃杨花转。几处簸钱声，绿

窗春梦轻。

其情韵颇清峻。他亦间有感时愤语，像“四海十年兵不解，……疏髯浑如雪，衰涕欲生冰。……别愁深夜雨，孤影小窗灯”（《临江仙》），当是晚年遇乱以后的作品。李廌字方叔，不第，遂绝意进取。定居长社，有《月岩集》。他的词，时有佳句，不同凡响。杜安世字寿域，京兆人，有词一卷。他的《卜算子》：

樽前一曲歌，歌里千重意。才欲歌时泪已流，恨应更、多于泪！　试问缘何事，不语浑如醉。我亦情多不忍闻，怕和我、成憔悴。

意虽浅近，情却甚深。王观字通叟，官翰林学士。赋应制词，宣仁太后以其近亵谪之。自号逐客。有《冠柳词》。黄昇以为“通叟词名《冠柳》，至《踏青》一词，风流楚楚，又不独冠柳词之上也”。陈质斋则深贬之，以为“逐客词风格不高，以《冠柳》自名，则可见矣”。他当然受了不少柳永的影响，像：“晴则个，阴则个，饾饤得天气，有许多般。须教撩花拨柳，争要先看，不道吴绫绣袜，香泥斜沁几行斑。东风巧，尽收翠绿，吹上眉山。”（《庆清朝慢》）还不显然地是柳词吗？韦骧字子骏，钱塘人。皇祐五年进士。累官尚书主客郎中，夔州路提点刑狱。有词一卷。其作风颇带些激昂豪放之气，显然可见出其为第一二期中间的人物。那时《花间》的影响已微，柳、苏的变调方始，像韦氏那样的疏畅明白的小词，恰正是“及时当令之作”。

> 人生可意，只说功名贪富贵。遇景开怀，且尽生前有限杯。
>
> 韶华几许，鶗鴂声残无觅处。莫自因循，一片花飞减却春。
>
> ——《减字木兰花》

张舜民字芸叟，邠州人。元祐初，除监察御史。徽宗朝为吏部侍郎。以龙图阁待制，知同州。坐元祐党，贬商州卒。舜民自号浮休居士，又号矴斋。娶陈师道之姊。有《画墁集》，词附。他“为文豪重，有理致。最刻意于诗。晚年为乐府百余篇。自序云：年逾耳顺，方敢言诗。百世之后，必有知音者”（《郡斋读书志》）。

宗室贵戚能词者，在这个时代亦甚多。如安定郡王赵令畤及驸马都尉王诜等，皆是当代很著名的作家。令畤字德麟，燕懿王玄孙。元祐中，签书颍州公事，历右朝请大夫。后为宁远军承宣使，同知行在大宋正事。有《聊复集》。德麟词轻圆娇憨，很有些传诵人口之作。尝夜过东坡家，饮梅花下，曾有题《会真记凤栖梧》云：“锦额重帘深几许，只是低头，怕受他人顾。强出娇嗔无一语，绛绡频掩酥胸素。”

王诜字晋卿，太原人，徙开封，尚英宗女魏国大长公主。历官定州观察使，开国公，驸马都尉。谥荣安。黄庭坚以为：“晋卿乐府清丽幽远，工在江南诸贤季孟之间。”他有歌姬名啭春莺。他得罪外谪，姬为密县人所得。晋卿南还至汝阴道中，闻歌声，曰：“此啭春莺也。”访之，果然。因赋诗云：“佳人已属沙吒利，义士曾无古押衙。”寻复归晋卿。晋卿尝作《忆故人》“烛影摇红向夜阑，乍酒醒、心情懒。尊前谁为唱阳关，离恨天涯远”云云。徽宗喜其词意，遂令大晟府别撰腔。周邦彦增益其词，即名为《烛影摇红》。

又有妇人作家魏夫人，所作词殊为蕴藉秀媚。朱熹道：“本朝妇人能文者唯魏夫人及李易安二人而已。”夫人，襄阳人，道辅之姊，曾布丞相之妻，封鲁国夫人。《雅编》云：“魏夫人有《江城子》《卷珠帘》诸曲，脍炙人口。其尤雅正者则《菩萨蛮》……深得《国风·卷耳》之遗。”（《词林纪事》引）

七

第三期是北宋词的成熟期。慢词到此，已成了最流行的一体，在意境上，在情调上，皆已无所增长。于是只好在遣词用句上着意，只好在音律上留心，只好在模写物态上用力。这一期，周邦彦的影响笼罩了一切。

周邦彦字美成，钱塘人。历官秘书监。进徽猷阁待制，提举大晟府。出知顺昌府，徙处州卒。有《清真集》。强焕序其词道：“美成词摹写物态，曲尽其妙。自题所居曰顾曲堂。”邦彦以进《汴都赋》得官。提举大晟府时，每制一词，名流辄为赓和。方千里及杨泽民全和之；或合为《三英集》行世。美成与汴妓李师师恋着，师师欲委身而未能。一夕，徽宗幸师师家，美成仓卒不能出，匿复壁间，遂制《少年游》以纪其事。徽宗知而谴发之。师师饯送他，美成复作《兰陵王》词，有“长亭路，年去岁来，应折柔条过千尺”之句。师师于徽宗前歌之。徽宗即复招他回来，自此便很宠待他。美成词大抵皆“圆美流转如弹丸”。长调尤善铺叙，富艳精工，纡徐反复，能道尽所蓄之意，而下字用韵又皆有法度。故沈伯时说：“作词当以《清真集》为主。”后人以美成词为圭臬的真是不少。然他每用唐人诗语，檃括入律。刘潜夫说：“美成颇偷古句。”张叔夏说：“美成词浑厚和雅，善于融化诗句。”这一点颇足以见出他想象的枯窘。然他虽偷古句，而每使人仍觉其新鲜可喜。像《六丑》：

正单衣试酒，恨客里、光阴虚掷。愿春暂留，春归如过翼。一去无迹。为问家何在？夜来风雨，葬楚宫倾国。钗钿堕处遗香泽。乱点桃蹊，轻翻柳陌，多情为谁追惜？但蜂媒蝶使，时叩窗槅。　东园岑寂。渐蒙笼暗碧，静绕珍丛底，成叹息。长条故惹行客，似牵衣待话，别情无极。残英小、强簪巾帻。终不似一朵，钗头颤袅，向人欹侧。

漂流处、莫趁潮汐。恐断鸿尚有相思字，何由见得。

可算是他的典型之作。

同时的作家，有晁端礼、万俟雅言、吕渭老、向子諲、曹组、蔡伸、赵长卿、叶梦得、向镐、王灼、陈与义、吴则礼诸人。

晁端礼字次膺，熙宁六年进士。晚以承事郎为大晟府协律，有《闲适集》。万俟雅言自号词隐，崇宁中充大晟府制撰，与晁端礼按月律进词。有《大声集》。吕渭老（一作滨老）字圣求，秀州人，宣和末朝士。有《圣求词》。赵师秀说："圣求词婉媚深窈，视美成、耆卿伯仲。"杨慎谓："吕圣求在宋不甚著名，而词极工……诸调佳处不让少游。"

向子諲（1085—1152）字伯恭，临江人。建炎初，直龙图阁，江淮发运副使。为黄潜善所斥。后迁户部侍郎。他自号芗林居士，有《酒边集》。胡致堂说："芗林居士步趋苏堂，而哜其胾者也。"以今观之，他的词实在是追随东坡不上；但有一个好处，便是不刻琢。像《鹧鸪天》：

说者分飞百种猜，泥人细数几时回。风流可惯长孤冷，怀抱如何得好开。　垂玉箸，下香阶，并肩小语更兜鞋。再三莫遣归期误，第一频教入梦来。

曹组，字元宠，颍昌人，宣和三年进士。有宠于徽宗，曾赏其《如梦令》“风弄一枝花影”，及《点绛唇》“暮山无数，归雁愁边度”句。蔡伸字仲道，莆田人，宣和中，官彭城倅。历左中大夫。有《友古词》。伸喜引古句入词，往往是生硬不化。赵长卿自号仙源居士，南丰人，宋宗室，有《惜香乐府》。颇多淡而有致的情语，如“人道长眉如远山，山不似长眉好”（《卜算子》）；“客路如天杳杳，归心特地宁宁”（《朝中措》）。叶梦得（1077—1148）字少蕴，吴县人。绍圣四年进士，除户部尚书，以崇信军节度使致仕。有《石林词》。关子东说：“叶公妙龄，词甚婉丽。晚岁落其华而实之，能于简淡，时出雄杰，合处不减东坡。”但像他的“叠鼓闹清晓，飞骑引雕弓”（《水调歌头》）之类，实并不“雄杰”。还是“江南梦断横江渚。浪黏天，葡萄涨绿，半空烟雨”（《贺新郎》）之类，比较得当行些。向镐字丰之，河内人，有《喜乐词》。他和黄庭坚一样，也颇喜用当时的白话写词，因此，很有些今已不能懂得的句子。像《如梦令》：“谁伴明窗独坐？我和影儿两个。灯烬欲眠时，影也把人抛躲。无那，无那，好个恓惶的我。”其作风和时人是格格不相入的。朱敦儒字希真，洛阳人。少年时以布衣负重名。靖康间，召至京师，不肯就官。南渡后，为秘书省正字。秦桧当国，以他为鸿胪少卿。桧死，他遂废黜。有《樵歌》。《宋史》本传称他：“素工诗及乐府。婉丽清畅。”黄昇称他：“天资旷逸，有神仙风姿。”汪叔耕说他的词：“多尘外之想；虽杂以微尘，而其清气自不可没。”像《好事近》：

摇首出红尘，醒醉更无时节。活计绿蓑青笠，惯披霜冲雪。

晚来风定钓丝闲，上下是新月。千里水天一色，看孤鸿明灭。

乃是他的代表作。王灼字晦叔，遂宁人，有《颐堂词》。他作《碧鸡漫志》，对于词的制作，颇有些可存的意见。但他自己所作，却不过“平稳”而已。

陈与义（1090—1138）字去非，本蜀人，后徙居河南叶县。绍兴中，拜翰林学士，知制诰，参知政事。有《无住词》。黄昇云：“去非词虽不多，语意超绝。识者谓可摩坡仙之垒。”但他的词，实不能“摩坡仙之垒”。像《临江仙》“忆昔午桥桥上饮，坐中都是豪英。长沟流月去无声。杏花疏影里，吹笛到天明”云云，已是最好的例子了。吴则礼字子副，富川人，官至直秘阁，知虢州。晚居豫章，自号北湖居士。有《北湖集》五卷，附词。则礼词多慷慨激昂之作，像《江楼令》：“凭栏试觅红楼句，听考考、城头暮鼓。数骑翩翩度孤戍。尽雕弓白羽。”当已开了辛弃疾的先路。

八

但在这个时代里，如双白玉柱似高出一般词人之上者却有赵佶和李清照二人。

赵佶（宋徽宗）的天才，不下于李煜，其生平际遇，也很有似于李煜。他初期的生活，在极绮丽清闲中度过。他知道如何的享乐。他是一个最好的文人学士，但可惜他却是一位必要担负天下事的皇帝。因此，他一放松了自己，而天下事便弄得不可收拾。金人乘机而入，他遂与他的儿子钦宗一同被虏北去。他后半期的生活，便在北地度过极人世不堪忍受的种种痛苦。他的词集不传，今所有者，皆从时人笔记选本中零星见到。后期的作品尤为寥寥可数。所以我们研究他的作品，最痛苦的便是觉得材料太少。但即就那些少数的作品中，他的天才也已深为我们所认识了。他的生活，既有截然不同的两个时期，他的作风与情调，便也有了两个截然不同的方面。在他的第一期倚红偎翠的皇家生活里，他的词是舒缓的，是绮丽的，是乐生的，是“绛烛朱笼相随映”，是“龙楼一点玉灯明，箫韶远，高宴在蓬瀛”，是“共乘欢，争忍归来，疏钟断，听行歌犹在禁街”，是“凤帐龙帘萦嫩风，御座深翠金间绕”。到了他的第二期“终日以眼泪洗面”的俘虏时代，他的情绪便紧张了，便凄凉了，便迫切了；他不再做快乐的梦了；他也学李煜一样地在远离祖国的北地作着悲愤的词：

玉京曾忆旧繁华，万里帝王家。琼楼玉殿，朝喧弦管，暮列笙琶。　花城人去今萧索，春梦绕胡沙。家山何处？忍听羌管，吹彻梅花！

——《眼儿媚》

这还不与李煜的“无限江山，别时容易见时难”如出一模吗？至如佶的《燕山亭》：

裁翦冰绡，轻叠数重，淡著燕脂匀注。新样靓妆，艳溢香融，羞杀蕊珠宫女。易得凋零，更多少、无情风雨。愁苦，问院落凄凉，几番春暮。

凭寄离恨重重，者双燕，何曾会人言语。天遥地远，万水千山，知他故宫何处！怎不思量，除梦里、有时曾去。无据，和梦也新来不做！

则似乎比李煜的“还似旧时游上苑，车如流水马如龙”更为深入一重了。

李清照是宋代最伟大的一位女诗人，也是中国文学史上最伟大的一位女诗人。她的词集凡六卷，她的文集也有七卷。今所传的诗词，不过寥寥的数十首而已。这个损失，大有类于希腊之损失了她的最大的女诗人莎孚（Sappho）的大部分的作品一样。然即在那些残余的“劫灰”里，仍可充分地见出她的晶光照人的诗才来。她的五七言诗并不甚好；她的歌词却是她的绝调。像她那样的词，在意境一方面，在风格一方面，都可以说是“前无古人，后无来者”。她是独创一格的，她是独立于一群词人之中的。她不受别的词人的什么影响，别的词人也似乎受不到她的什么影响。她是太高绝一时了，庸才的作家是绝不能追得上的。无数的词人诗人，写着无数的离情闺怨的诗词。他们一大半是代女主人翁立言的。这一切的诗词，在清照之前，直如粪土似的无可评价。她自号易安居士，济南人。父名格非，也是一位很有名的文士。母王氏，也能写文章。她于二十一岁时嫁给太学生赵明诚，明诚又是一位文士。他们的家庭生活，据易安的自述，是十分的快乐的。在这个时候，她的词似乎是已达到了最高的境界。所有好词，在这时作的最多。他们结缡未久，明诚便出游。易安寄他之小词很多。有一次她以《重阳醉花阴》词函致明诚。明诚思胜之，一切谢客，废寝忘食者三日夜，得五十余阕，杂易安作以示友人陆德夫。德夫玩诵再三，说道：“有三句乃绝佳。”明诚诘之，他道：“莫道不消魂，帘卷西风，人比黄花瘦。”正是易安之作！在金兵南侵之时，他们流徙四方以避之，家业丧失十之七八。明诚又病死。此时以后，她的生活便很艰苦。在这时候，她的词，也写得不少。我们在她的词里，还约略看得出她这一个时期的生活情形。她的词，要引起例来，真该引得不少。这里姑举几首：

寻寻觅觅，冷冷清清，凄凄惨惨戚戚。乍暖还寒时候，最难将息。三杯两盏淡酒，怎敌他、晚来风急！雁过也，正伤心，却是旧时相识。　满地黄花堆积。憔悴损，如今有谁堪摘？守着窗儿，独自怎生得黑！梧桐更兼细雨，到黄昏、点点滴滴。这次第，怎一个愁字了得。

——《声声慢》

风住尘香花已尽，日晚倦梳头。物是人非事事休！欲语泪先流。　闻说双溪春尚好，也拟泛轻舟。只恐双溪舴艋舟，载不动、许多愁。

——《武陵春》

参考书目

一、《宋六十一家词》 汲古阁编刻，重要的北宋词集，一大部分已备于此刻之内。有原刊本，有广州刻本，有影印本。

二、《名家词集》十卷 侯文灿编，有原刊本，有《粟香室丛书》，录汲古阁未刊词十家。

三、《宋元名家词》不分卷 江标编，有湖南刊本，录汲古阁未刊词十五家。

四、《四印斋所刻词》及《四印斋汇刻宋元三十一家词》 王鹏运编刻。苏、辛词及《漱玉》《清真》诸集，刻得都精。

五、《双照楼景宋元明词》 吴昌绶编刻，正续凡四十家（续集陶湘刊）。刻得极为精美。于此可略见宋、元人词集的真面目。

六、《彊村丛书》 朱祖谋编刻。收罗最富，凡二百余家。

七、《乐府雅词》三卷，《拾遗》一卷 宋曾慥编，有《词学丛书》本及《粤雅堂丛书》本。

八、《阳春白雪》八卷，《外集》一卷 宋赵闻礼编，有《词学丛书》本及《粤雅堂丛书》本。

九、《唐宋诸贤绝妙词选》十卷 宋黄昇编，有汲古阁刊《词苑英华》本。

十、《草堂诗余》四卷　传本极多，有武林逸史编的一本（《词苑英华》本），有明何良俊刊本，有四印斋刊本，有《双照楼景宋元明词》本，又有明沈际飞编刊的四集本。

十一、《词综》三十四卷　朱彝尊编，王昶补。有原刊本及坊刻本。关于北宋词，可读其第四卷至第十一卷。又后有“补人”“补词”亦应注意。唯所选殊偏。

十二、《历代诗余》一百二十卷　沈良垣等编，有内刊本，有石印本。

十三、《词林纪事》二十二卷　清张宗橚辑，有原刊本，有石印本。其卷三至卷十之前半，录北宋人词。

十四、《直斋书录解题》二十二卷　宋陈振孙著，有清武英殿刊本及江苏书局刊本，其中卷二十一“歌诗类”，为著录唐、宋词最早之目录。

十五、《东都事略》一百三十卷　宋王偁著，有扫叶山房刊本。与《南宋书》等合称《四朝别史》。

十六、《宋史》四百九十六卷　元脱脱等撰，有《二十四史》本。

鼓子词与诸宫调

敦煌“变文”的亲裔—— 宋代叙事歌曲的发达—— 宋大曲的进展—— 由大曲到鼓子词的过渡——《蝶恋花》鼓子词—— 伟大的创作者孔三传—— 诸宫调结构的宏伟—— 联合诸“宫调”为一堂的第一次的尝试—— 今存的三部伟大的诸宫调—— 董解元的《西厢记诸宫调》—— 无名氏的《刘知远诸宫调》—— 王伯成的《天宝遗事诸宫调》—— 诸宫调生命的短促——张五牛大夫创作的“赚词”

一

敦煌发现的“变文”，虽沉埋于中国西陲千余年，但其生命在我们的文坛上并不曾一天断绝过。——且只有一天天的成长滋生，而孕育出种种不同的文体出来。在宋的时代，由变文所感化而产生的新文体，种类很多，而鼓子词与诸宫调的二种，最为重要。我们的叙事诗，最不发达。但自变文的一体介绍进来了之后，以韵、散交错组成的新叙事歌曲却大为发达。这增加了我们文坛的极大的活气与重量。原来我们视《孔雀东南飞》《木兰辞》《长恨歌》诸作为绝大的珍异者，但若以自变文出现以来所产生的叙事的种种大杰作与之相较量，则《孔雀东南飞》等诚不免要慊然地自觉其童稚。在其间，变文与诸宫调，尤为中世纪文学里的最伟大的新生的文体，足以使后来的诸作家，低首于他们之前的。

诸宫调的产生，约在北宋的末年。在其前，则有同性质的“大曲”和“鼓子词”的出现。在其略后，则更有“赚词”的创作。这些文体，不仅在宋代是新鲜的创作，即在今日，对于一般的读者似也还都是很陌生的。本章当是任何中国文学史里最早的讲到它们的记载吧。

二

先说“大曲”。《宋史·乐志》曾载教坊所奏十八调四十大曲的名目。其中的名称，与唐代燕乐大曲的名目，颇有几个相同的，像《梁州》《伊州》《绿腰》等。这些大曲，最原始的方式是怎样的，今已不可知。但我们在宋人著作里，所见的大曲，像董颖的咏西子事的《道宫薄媚》；曾布的咏冯燕事的《水调歌头》等，都是长篇的叙事歌曲。《道宫薄媚》从《排遍第八》起，到《第七煞衮》止，共有十遍；《水调歌头》则从《排遍第一》起，到《排遍第七撷花十八》止，共有七遍。姑举《水调歌头》的首二遍于下：

> ［排遍第一］魏豪有冯燕，年少客幽、并。击球斗鸡为戏，游侠久知名。因避仇来东郡，元戎逼属中军。直气凌貔虎，须臾叱咤，风云凛凛座中生。偶乘佳兴，轻裘锦带，东风跃马，往来寻访幽胜，游冶出东城。堤上莺花撩乱，香车宝马纵横。草软平沙稳，高楼两岸，春风笑语隔帘声。
>
> ［排遍第二］袖笼鞭敲镫，无语独闲行。绿杨下，人初静，烟澹夕阳明。窈窕佳人，独立瑶阶。掷果潘郎，瞥见红颜。横波盼，不胜娇，软倚云屏曳红裳。频推朱户，半开还掩。似欲倚伊哑声里，细诉深情。因遣林间青鸟，为言彼此心期，的的深相许，窃香解佩，绸缪相顾不胜情。

这当是宋词发展的自然的结果。“词”在这时已不甘终老于抒情诗的范围以内，而欲一试身手于叙事诗的场地上了。所谓唐的大曲，或和宋初的大曲，同是有“声”而无“辞”，只是几遍的舞曲，和《水调歌头》诸作，当是大殊的。

别有所谓《调笑转踏》者，也是大曲的一流。曾慥《乐府雅词》曾录无名氏的《调笑集句》，郑彦能的《调笑转踏》，晁无咎的《调笑》，皆是以诗与曲相间而组合成之的。先陈“入队”的致词，然后是一首诗，然后是一首曲，以后皆是以一诗一曲相间，末则结以“放队”词。这种体裁，已较大曲为进步，似是由大曲到鼓子词的一种过渡。

三

“鼓子词”是最明显的受有“变文”影响的一种新文体。在歌唱一方面，似颇受大曲的体式的支配，但其以散文和歌曲交杂而组合成之的方式，则全然是“变文”的格局。在文体的流别上说来，“大曲”是纯粹的叙事歌曲，“鼓子词”却是“变文”的同流了。

宋人的鼓子词，传者绝少。今所知者，有赵德麟《侯鲭录》中所载的咏《会真记》故事的《商调·蝶恋花》一篇。德麟采用唐元稹的《会真记》原文，成为其中“散文”的一部分，而别以《商调·蝶恋花》十章，歌咏其事。他将《会真记》分为十段，每段系以《蝶恋花》一章。如此构成了所谓“鼓子词”的一体。姑举其中的一段于下：

传曰：余所善张君，性温茂，美风仪，寓于蒲之普救寺。适有崔氏孀妇，将归长安，路出于蒲，亦止兹寺。崔氏妇，郑女也。张出于郑。叙其女，乃异派之从母。是岁，丁文雅不善于军，军之徒，因大扰，劫掠蒲人。崔氏之家，财产甚厚，惶骇不知所措。张与将之党有善，请吏护之，遂不及难。郑厚张之德，因饰馔以命张。谓曰：姨之孤嫠未亡，提携弱子幼女，犹君之所生也，岂可比常恩哉！今俾以仁兄之礼奉见。乃命其子曰欢郎，女曰莺莺，出拜尔兄。崔辞以疾。郑怒曰：张兄保尔之命，宁复远嫌乎！又久之，乃至。常服睟容，不加新饰，垂鬟浅黛，双脸桃红而已。颜色艳异，光辉动人。张惊，为之礼。因坐郑旁。凝眸丽绝，若不胜其体。张问其年几？郑曰：十七岁矣。张生稍以词导之，宛不蒙对。终席而罢。奉劳歌伴，再和前声："锦额重帘深几许？绣履弯弯，未省离朱户。强出娇羞都不语，绛绡频掩酥胸素。黛浅愁深妆淡伫，怨绝情凝，不肯聊回顾。媚脸未匀新泪污，梅英犹带春朝露。"

四

但在这些新文体中，最重要，且最和"变文"有直接的渊源关系者，当为"诸宫调"的一体。在结构的宏伟和局势的壮阔上，也只有"诸宫调"方可和"变文"相拮抗。像鼓子词和大曲等，实在只是简短的歌曲，不足与它们列在同一的水平线上。诸宫调出现于北宋之末。王灼《碧鸡漫志》（卷二）说道：“熙、丰、元祐间，兖州张山人以诙谐独步京师，时出一两解。泽州孔三传者，首创诸宫调古传，士大夫皆能诵之。”孟元老《东京梦华录》（卷五）记载，崇、观以来，在京“瓦肆伎艺”中，也有“孔三传，耍秀才诸宫调”的云云。其他耐得翁的《都城纪胜》，吴自牧的《梦粱录》里也都提到孔三传和诸宫调的事。是诸宫调乃是熙、丰、元祐间的一位才人孔三传所创作的了。但像这样一位伟大的作家，我们在今日却不能知道他的生平，并不能得到片言只语的遗文，诚是一件憾事！三传所首创的诸宫调古传，既是“士大夫皆能诵之”，则必定是很有可观的，其佚失似不是无足轻重的！

诸宫调是讲唱的。其讲唱的方式，当大类今日社会上的讲唱弹词、宝卷；也当正像唐代和尚们的讲唱“变文”。《西河词话》说：“《西厢》搊弹词，则有白有曲，专以一人搊弹，并念唱之。”当和当日的实际情形，相差不远。张元长《笔谈》说：“董解元《西厢记》曾见之卢兵部许。一人援弦，数十人合座，分诸色目而递歌之，谓之磨唱。”（焦循《剧说》引）这话很靠不住。当是卢兵部的“自我作古”，或“想当然”的可笑的复古的举动。我们如果读了石君宝的《诸宫调风月紫云亭》一剧（见《元刊杂剧三十种》），当可于诸宫调的讲唱的情形略略地明了了。

诸宫调的名称，从何而来呢？诸宫调的结构，和“变文”是全然不殊的。其所不同者，乃在歌唱的一部分。“变文”用的是七言或间以三三言，而“诸宫调”则用的是很复杂的“宫调”。原来大曲和鼓子词，皆用同一宫调里的同一曲牌，反复地来歌咏一件故事。像上文所引的《道宫薄媚》，便是用“道宫”里的《薄媚》一调，反复到十遍，以歌咏西子故事。但诸宫调则不是这样的。它是无限量地使用着各个宫调里的各个曲调以歌咏一个很长篇的故事的。像《刘知远诸宫调》的第二卷的首一部分，其歌唱的部分便是这样的布置着的：

> 《中吕调·牧羊关》《仙吕调·醉落托》《黄钟宫·双声叠韵》《南吕调·应天长》《般涉调·麻婆子》《商角·定风波》《般涉调·沁园春》《高平调·贺新郎》《道宫·解红》……

这比较所谓大曲和鼓子词的单调的布置是进步得多少呢？难怪孔三传一创作了这种新声出来，便要轰动一时了。且这也是第一次把“诸宫调”联络起来叙述一件故事的尝试。这个尝试的成功，对于后来杂剧的产生和其结构是极有影响的。

五

“诸宫调”在宋、金的时候，流传得很广。《梦粱录》和《武林旧事》所记载的以讲唱诸宫调为业的人也不少。《诸宫调风月紫云亭》剧里有“我唱的是《三国志》，先饶十大曲；俺娘便《五代史》，添续《八阳经》”的云云，又董解元《西厢记》的开卷，也有：

> ［太平赚］……比前览乐府不中听，在诸宫调里却着数。一个个旖旎风流济楚，不比其余。
>
> ［柘枝令］也不是《崔韬逢雌虎》，也不是《郑子遇妖狐》，也不是《井底引银瓶》，也不是《双女夺夫》，也不是《离魂倩女》，也不是《谒浆崔护》，也不是《双渐豫章城》，也不是《柳毅传书》。

诸语，是诸宫调的著作，在那个时代是有很多种的。但今日所见者，除董解元的《西厢记诸宫调》、无名氏的《刘知远诸宫调》、王伯成的《天宝遗事诸宫调》以外，却别无第四本了。

董解元生世不可考，关汉卿所著杂剧有《董解元醉走柳丝亭》一本（今佚），说的便是他的故事吧。陶宗仪说他是金章宗（1189—

1208）时人。钟嗣成的《录鬼簿》列他于“前辈已死名公，有乐府行于世者”之首，并于下注明：“金章宗时人，以其创始，故列诸首。”涵虚子的《太和正音谱》也说他“仕于金，始制北曲”。毛西河《词话》则谓他为金章宗学士。大约董氏的生年，在金章宗时代的左右，是无可置疑的。但他是否仕金，是否曾为“学士”，则是我们所不能知道的。他大约总是一位像孔三传、袁本道似的人物，以制作并说唱诸宫调为生涯的。《太和正音谱》说他“仕于金”，恐怕是由《录鬼簿》“金章宗时人”数字附会而来的。而毛西河的“为金章宗学士”云云，则更是曲解“解元”二字与附会“仕于金”三字而生出来的解释了。“解元”二字，在金、元之间用得很滥，并不像明人之必以中举首者为“解元”。故《西厢记》剧里，屡称张生为张解元；关汉卿也被人称为“关解元”。彼时之称人为“解元”，盖为对读书人之通称或尊称，犹今之称人为“先生”，或宋时之称说书者为某“书生”、某“进士”、某“贡士”，未必被称者的来历，便真实地是“解元”“进士”，等等。

《西厢记诸宫调》的文辞，凡见之者没有一个不极口的赞赏。明胡应麟《少室山房笔丛》说：

> 《西厢记》虽出唐人《莺莺传》，实本金董解元。董曲今尚行世，精工巧丽，备极才情，而字字本色，言言古意，当是古今传奇鼻祖。金人一代文献尽此矣。

这话并不是瞎恭维。我们看，董解元把那么短短的一篇传奇文《会真记》放大到如此浩浩莽莽的一部伟大的宏著，其著作力的富健诚是前无古人的。其故事的大略如下：

贞元十七年二月，张珙至蒲州，寻旅舍安止。有一天，游蒲东普救寺，见寄居于寺中的崔相国女莺莺，莽欲追随其后，闯入宅中，为寺僧法聪从后拖住，责其不可造次。

张生因此决也移寓于寺中之西厢。是夜，月明如昼，生行近莺庭，口占二十字小诗一首。不料莺莺在庭间也依韵和生一诗。生闻之惊喜。便大踏步走至跟前。被红娘来唤莺莺归寝而散。

自此以后，张生浑忘一切，日夜把莺莺在念。但千方百计，无由得见意中人。夜间，生与长老法本谈禅。红娘来向长老说，明日相国夫人待做清醮。法本令执事准备。生亦备钱五千，为其亡父尚书作分功德。长老诺之。

第二天，生来看做醮，见一位六旬的老婆娘，领着欢郎及莺莺来上香。莺莺一来，僧俗皆为其绝代的容光所摄，无不情神颠倒。直到第二天的日将出，道场方罢。

——以上第一卷

崔夫人和莺莺归去。众僧正在收拾铺陈来的什物，见一小僧慌速走来，气喘不定，口称祸事。众僧大惊。原来，唐蒲关乃屯军之处。是年浑瑊死，丁文雅不善治军。其将孙飞虎半万兵叛，劫掠蒲中。叛兵过寺，欲求一饭。僧众商议，主迎主拒者不一。或以为有崔相国的夫人及女寄住于此，迎贼实为不便。法聪也力主拒之。聪本陕右蕃部之后，少好弓剑，武而有勇，遂鼓动僧众，得三百人，出与飞虎为敌。聪勇猛异常，贼众不能敌。但聪见贼众难胜，便冲出重围而去。三百僧众，被贼兵杀死甚众。飞虎捉住走不脱的和尚，问其何故拒敌。和尚说是为了莺莺之故。飞虎便围了寺，指名要索莺莺。

崔氏一门大震，饮泣无计。莺莺欲自杀以免辱。却有人在众中大笑。笑者谁？盖张生也。生自言有退兵之计。夫人许以继子为亲。生便取出其所作致白马将军一信，读给众听。夫人谓：白马将军去此数十里，如何赶得及来救援？生说：适于法聪出战之时，已持此书给白马将军了。夫人闻言，始觉宽心。

不久，果然看见一彪人马飞驰而来，贼众出不意，皆大惊投降。白马将军遂斩了孙飞虎，赦其余众，入寺与张生叙话而别。

贼兵退后，生托法本到夫人处提亲。夫人说，方备蔬食，当与生面议。第二天，夫人差红娘来请生赴宴。生以为事必可谐。不料夫人命欢郎、莺莺皆以兄礼见生。生已失望。夫人最后乃说起相国在日，已将莺莺许配郑恒事。

生遂辞以醉，不终席而退。红娘送之回室。生赠以金钗，红娘不受奔去。

异日，红娘复至，致夫人谢意。生说：今当西归，与夫人诀绝了。便在收拾琴剑书囊。红娘见了琴，忽有触于中，说道：莺莺喜听琴，若果以琴动之，或当有成。生喜而笑，遂不成行。

——以上第二卷

夜间，月色皓空，张生横琴于膝，奏《凤求凰》之操。莺莺偕红娘逐琴声来听。闻之，大有所感，泣于窗外。生推琴而起，火急开门，抱定一人，仔细一看，抱定的却是红娘，莺莺已去。

那一夜，莺莺通宵无寐。红娘以情告生。生托红娘致诗一章于莺。莺见之大怒。随笔写于笺尾，令红娘持去给生。红娘战恐地对生述莺发怒事。但待得他读了笺时，他却大喜。原来写的却是约他夜间逾垣相会的诗。

生巴不得到夜。月上时，生逾墙而过。莺至，端服严容，大诉生一顿。生愤极而回，勉强睡下。方二更时，蓦听得隔窗有人唤门，乃莺自至。正在诉情，珰珰的听一声萧寺疏钟，莺又不见，方知是梦。

生自此行忘止，食忘饱，举止颠倒。久之成疾。夫人令红娘来视疾。生托她致意于莺，要她破工夫略来看觑他。

红娘去不久，夫人、莺莺便同去看他。夫人命医来看脉。他们既归，无一人至。生念所望不成，虽生何益，以绦悬栋，便欲自尽。蓦一人走至拽住了他，乃红娘送莺的药至。这药是一诗，说她晚间将自至。生病顿愈。

那一夜，莺果至。成就了他们的私恋。自是朝隐而出，暮隐而入，几有半年。

夫人生了疑，一夜急唤莺。莺仓皇而归。夫人勘问红娘。红诉其情，并力主以莺嫁生。夫人允之。

夫人令红召生，说明许婚的事。但以莺服未阕，未可成礼。生留下聘礼，说：今蒙文调，将赴省闱，姑待来年结婚。莺闻之，愁怨之容动于色。自此不复见。数日后，生行。夫人及莺送于道。经于蒲西十里小亭置酒。

——以上第三卷

生与莺不忍离别。终于在太阳映着枫林的景色里，勉强别去。生的离愁，是马儿上驮也驮不动。

那一夜，生投宿于村店。残月窥人，睡难成眠。他开门披衣，独步月中，忽听得女人声道，快走罢。生见水桥的那边，有两个女郎映月而来。大惊以为怪。近来视之，乃莺与红娘，说：她与红娘乘夫人酒醉，追来同行。正在进舍归寝，但见群犬吠门，火把照空，人声藉藉。一人大呼道，渡河女子，必在此间。一个大汉，执着刀，踹破门要来搜。生方待挣揣，却撒然觉来。

那边，莺莺在蒲东，也凄凄惶惶的在念着张生。

明年春，张生殿试以第三人及第，即命仆持诗归报莺。莺正念生成疾，见诗大悦，夫人亦喜。

但自是至秋，杳无一耗。莺修书遣仆寄生，随寄衣一袭，瑶琴一张，玉簪一枝，斑管一枝。生那时，以才授翰林学士，因病闲居，至秋未愈。为忆莺莺，愁肠万结。及读莺书，感泣。便欲治装归娶。

生未及行，郑相子恒，至蒲州，诣普救寺，欲申前约。夫人说，莺莺已别许张珙。郑恒说：张生登第后，已别娶卫尚书女。莺闻之，闷极仆地，救之多时方苏。夫人阴许恒择日成亲。不料，这时张生也到。夫人说：喜学士别继良姻。但生力辩其无。夫人说今莺已从前约嫁郑恒。生闻道扑然倒地。过了半晌，收身强起，伤自家来得较迟。又不欲与故相子争一妇人。但欲一见莺。莺出默然。四目相视，内心皆痛。生坐止不安，蘧然而起。

法聪邀生于客舍，极力地劝慰他。但生思念前情，心中不快更甚。

聪说：足下傥得莺，痛可已乎？便献计欲杀夫人与郑恒。正在这时，莺、红同至望生。他们各自准备下万言千语。及至相逢，却没一句。莺念及痛切处，便欲悬梁自缢，生亦欲同死。但为红及聪所阻。

聪说：别有一计，可使莺与生偕老；白马将军今授了蒲州太守，正可投奔他处。二更时，生遂携莺宵奔蒲州。白马将军允为生做主。郑恒如争，必斩其首。恒果来争夺，将军严斥之。恒羞愤，投阶而死。这里张生、莺莺美满团圆，还都上任。

——以上第四卷

这里和《会真记》大不同者，乃在结局的团圆。《会真记》的结果，太不近人情。张生无故地拒绝莺莺，自从寄书之后，便不再理会她。反以君子善于改过自诩。以后男婚女嫁，各不相知。实是最奇怪的结束。这不能算是悲剧，实是“怪剧”。像《董西厢》的崔、张的大团圆，当是世俗的读者们所最欢迎的，且也较合情理。自王实甫以下诸《西厢记》，其结构殆皆为董解元的太阳光似的伟著所笼罩，而不能自外。

六

《刘知远诸宫调》是一个残本，今存四十二页，约当全书三之一。俄国科智洛夫探险队于1907—1908年间，考察蒙古、青海，发掘张掖、黑水故城。得古物及西夏文书籍甚多，于其间乃有此《刘知远诸宫调》在着。这是一个极伟大的发现。就种种方面看来，这部诸宫调当是宋、金之际的东西。

这书全文当为十二则，今存者为“知远走慕家庄沙陀村入舍第一”“知远别三娘太原投事第二”“知远充军三娘剪发生少主第三”（此则仅残存二页），“知远投三娘与洪义厮打第十一”“君臣弟兄子母夫妇团圆第十二”。中间第三的大半和第四到第十的七则，则俱已佚去了。刘知远事，自宋以来，讲述者便已纷纷。今所见的《五代史平话》，已详写知远事，而诸本《白兔记》传奇，更是专述知远和三娘的悲欢离合的。大约这位流氓皇帝的故事，乃是最足以耸动市井的听闻的。

《刘知远诸宫调》的作者并不是很平凡的人物。他和董解元一样，具有伟大的诗的天才，和极丰富的想象力。他能以极浑朴、极本色的俗语方言，来讲唱这个动人的故事。其风格的壮遒古雅，大类绿锈重重的三代的彝鼎，令人一见便油然生崇敬心。姑举一小段于下：

［般涉调·麻婆子］

洪义自约末天色二更过，皓月如秋水，款款地进两脚，调下个折针也闻声。牛栏儿傍里遂小坐，侧耳听沉久，心中畅欢乐。〇记得村酒务，将人恁剉；入舍为女婿，俺爷爷护向着；到此残生看怎脱：熟睡鼻息似雷作，去了俺眼中钉，从今后好快活！

（尾）团苞用，草苫着，欲要烧毁全小可，堵定个门儿放着火。

论匹夫心肠狠，庞涓不是毒；说这汉意乖讹，黄巢真佛行！哀哉未遇官家，姓命亡于火内。

［商角·定风波］

熟睡不省悟，鼻气若山前哮吼猛虎。三娘又怎知与儿夫何日相遇。不是假也非干是梦里，索命归泉路。〇当此李洪义遂侧耳听沉，两回三度，知远怎逃命。早点火烧着草屋。陌听得一声响，諕匹夫急抬头觑。

（尾）星移斗转近三鼓，怎显得官家福分，没云雾平白下雨。苦辛如光武之劳，脱难似晋王之圣。雨湿火熬，知远惊觉。方知洪义所为，亦不敢伸诉。至次日，知远引牛驴拽拖车三教庙左右做生活。到日午，暂于庙中困歇熟睡。须臾，众村老携笻避暑。其中有三翁。

［般涉调·沁园春］

拴了牛驴，不问拖车，上得庙阶，为终朝每日多辛苦，扑番身起权时歇。侍傍里三翁守定知远，两个眉头不展开，堪伤处便是荆山美玉，泥土里沉埋。〇老儿正是哀哉，忽听得长空发哄雷声，惊天霹雳，眼前电闪，諕人魂魄幽幽不在。陌地观占，抬头仰视，这雨多应必煞，乖伤苗稼，荒荒是处，饥馑民灾。

（尾）行雨底龙必将鬼使差，布一天黑暗云霭霭，分明是拼着四坐海。

电光闪灼走金蛇，霹雳喧轰椢铁鼓，风势揭天，急雨如注，牛驴惊跳，拽断麻绳，走得不知所在。三翁唤觉知远，急赶牛驴，走得不见。至天晚，不敢归庄。

［高平调·贺新郎］

知远听得道，好惊慌，别了三翁，急出祠堂。不故泥污了牛皮趪，且向泊中寻访。一路里作念千场，那两个花驴养着牛，绳绑我在桑树上，少后敢打五十棒！方今遭五代，值残唐，万姓失途，黎庶忧徨，豪杰显赫英雄旺，发跡男儿气刚。太原府文面做射粮，欲待去，却徊徨。非无决断，莫怪频来往，不是，难割舍李三娘！见得天晚，不敢归庄。意欲私走太原投事，奈三娘情重，不能弃舍。于明月之下，去住无门，时时叹息。

［道宫·解红］

鼓掌笋指，那知远目下长吁气。独言独语，怎免这场拳踢。没事尚自生事，把人寻不是，更何况今日将牛畜都尽失。若还到庄说甚底！怕见他洪信与洪义。劝人家少年诸子弟，愿生生世世休做女婿。妻父妻母在生时，我百事做人且较容易。自从他化去，欺负杀俺夫妻两个凡女。鸠着嘴儿厮罗执灭良，削薄得人来怎敢喘气！道是，长贫没富多不易，酸寒嘴脸只合乞，百般言语难能吃，这般材料怎地发跡！

（尾）大男小女满庄里，与我一个外名难揩洗，都受人唤我做刘穷鬼。

天道二更已后，潜身私入庄中，来别三娘。

七

王伯成的《天宝遗事诸宫调》，产生的时代较后。伯成，涿州人。《录鬼簿》放他在“前辈已死名公”之列。当是公元1330年以前的人物。他写有杂剧二本：《李太白贬夜郎》和《张骞泛浮槎》（前者今存于世）。而使他成大名者则为《天宝遗事》的一部伟著。但这部诸宫调从明以来便不传于世。著者尝从《雍熙乐府》《北词广正谱》《九宫大成谱》诸书里，辑出五十四套曲文，大约相当于全书的四分之一，仅能窥豹一斑而已。“天宝遗事”本是诗人们最好的题材之一。自白居易的《长恨歌》以后，宋人有《太真外传》，元关汉卿有《唐明皇哭香囊》（佚），白仁甫有《秋夜梧桐雨》，而明人传奇之述及此事者，若《彩毫》《惊鸿》诸记尤多。清初洪昇的《长生殿》便是一个总结束。在其间，伯成的《天宝遗事》似最不为人所知。《遗事》的作风，已甚受杂剧作家的影响，非复纯粹的诸宫调本色。但遣词铸局，却也甚为浑厚而奔放。其大略，可于下面的《遗事引》里见到：

［哨遍·遗事引］

天宝年间遗事，向锦囊玉罅新开创。风流酝藉李三郎，殢真妃日夜昭阳恣色荒。惜花怜月宠恩云，霄鼓逐天杖。绣领华清宫殿，尤回翠辇，浴出兰汤。半酣绿酒海棠娇，一笑红尘荔枝香。宜醉宜醒，堪笑堪嗔，称梳称妆。［么篇］银烛荧煌，看不尽上马娇模样。私语向七夕间，天边织女牛郎，自还想。潜随叶靖，半夜乘空，游月窟来天上。切记得广寒宫曲，羽衣缥缈，仙佩玎珰。笑携玉箸击梧桐，巧称雕盘按霓裳。不提防祸隐萧墙。［墙头花］无端乳鹿入禁苑，平欺诳，惯得个禄山野物，纵横恣来往。避龙情子母似恩情，登凤榻夫妻般过当。［么篇］如穿人口，国丑事难遮当。将禄山别迁为蓟州长。便兴心买马，军合下手合朋聚党。［么篇］恩多决怨深，慈悲反受殃。想唐朝触祸机，败国事皆因偃月堂。张九龄村野为农，李林甫朝廷拜相。［耍孩儿］渔阳灯火三千丈，统大势长驱虎狼。响珊珊铁甲开金戈，明晃晃斧钺刀枪。鞭彫剪剪摇旗影，衡水粼粼射甲光。凭骁健，马雄如獬豸，人劣似金刚。［四煞］潼关一鼓过元平荡，哥舒翰应难堵当。生逼得车驾幸西蜀，马嵬坡签抑君王。一声阃外将军令，万马蹄边妃子亡。扶归路愁观罗袜，痛哭香囊。

伯成的《遗事》，殆是诸宫调的尾声。在公元 1330 年左右编辑的《录鬼簿》里，已以能歌唱《董西厢》为可羡诧的事，可见那时诸宫调的歌唱殆已成了秋天的残蝉之鸣声了。《张协状元》戏文的开始，有一段不伦不类的说唱诸宫调的开场。诸宫调在元代或竟已成了帮衬的东西，而不复能独立地成为一场的吧。

这样说来，诸宫调的开始，最早当在于宋神宗熙宁（1068 年）间，而其黄金时代的终了，则当在元代的中叶（约 1300 年以前）。只不过是两个多世纪的生命耳。在中国文学里，这已算是很短寿的一种文体了。但诸宫调虽然生存得不久，流传的更少（亦有三部），但其生存实为宋、金文学里最大的一个光彩。像那样宏伟如宫殿，精粹若珠玉的巨著，除了其亲祖“变文”以外，诸宫调殆是空前的。

八

最后，更当一说“赚词”。“赚词”并不是诸宫调的同群，乃是“大曲”的一家。其产生较后于诸宫调。但后来诸宫调中的歌曲的结构，似颇受到它的影响。耐得翁的《都城纪胜》说：

> 唱赚在京师，只有缠令、缠达。有引子、尾声为缠令。引子后只以两腔递且循环间用者为缠达。中兴后，张五牛大夫，因听动鼓板中，又有四片太平令或赚鼓板（即今拍板大筛扬处是也），遂撰为赚。赚者，误赚之义也。令人正堪美听，不觉已至尾声。是不宜为片序也。今又有覆赚；又有变花前月下之情为铁骑之类。凡赚最难，以其兼慢曲、曲破、大曲、嘌唱、耍令、番曲、叫声诸家腔谱也。

已把“唱赚”的历史说得很详细。吴自牧的《梦粱录》所载，全袭《都城纪胜》，仅加上了杭州能唱赚者窦四官人等二十余人的姓名。“赚词”的重要是在把“大曲”的反复的单以一个曲调来歌唱的格局打破了；而在同一曲调里，找到许多不同的曲牌，联合组织起来歌唱的。王国维氏尝于《事林广记·戊集》里，发现了名为《圆社市语》的一篇赚词；其结构如下：

> ［中吕宫］《紫苏丸》——《缕缕金》——《好女儿》——《大夫娘》——《好孩儿》——《赚》——《越恁好》——《鹘打兔》——《尾声》

这当是今日所见的唯一存在的赚词了。《西厢记诸宫调》的歌曲里有用“赚”处，元剧的歌词里也有“赚”的使用。其影响是很大的。

我颇疑心，张五牛大夫所创作的唱赚，乃是我们文学里第一次把在同一宫调里许多不同名的歌曲联结在一处的尝试。《刘知远》《董西厢》之间有使用这个歌唱的方式，殆皆受其感化的，这话或不会是很错误罢。

参考书目

一、《唐宋大曲考》 王国维著，有《王忠悫公遗书》本。

二、《宋元戏曲史》 王国维著，有商务印书馆铅印本，有《王忠悫公遗书》本（《遗书》改“史”为“考”）。

三、《宋金元诸宫调考》 郑振铎著，见燕京大学《文学年报》第一期。

四、《刘知远诸宫调考》 日本青木正儿著，贺昌群译，见《北平图书馆馆刊》第六卷中。

五、《都城纪胜》 耐得翁著，有《楝亭十二种》本，《涵芬楼秘笈》本。

六、《梦粱录》 吴自牧著，有《武林掌故丛编》本。

八、《武林旧事》 周密著，有《武林掌故丛编》本。

南宋词人

南宋词的三个时期——雅正的趋势——赵鼎、岳飞等——康与之与张孝祥——辛弃疾——陆游、范成大、刘过等——姜夔——史达祖等——吴文英——黄昇、王炎等——蒋捷、周密、张炎、王沂孙——陈允平、文天祥、汪元量等

一

南宋词与北宋的一样，亦可分为三个时期。第一个时期是词的奔放的时期。这时期恰当于南渡之后，偏安的局面已成，许多慷慨悲歌之士，目睹半个中国陷于“胡”人，古代的文化中心，千年以来的东西两都，俱沦为“异域”，无恢复的可能，颇有些愤激难平、

"髀肉复生"之感。在这样的一个局势之下，诗人们当然也很要感受到同样的刺激的。这个时候的诗人，作着"鼓舞升平"或"渔歌唱晚"的词，以涂饰为工，以造美辞隽句为能的当然也很有几个。然而几位可以代表时代的大诗人，如辛弃疾，如陆游，如张孝祥他们，却是高唱着"马作的卢飞快，弓如霹雳弦惊"（辛弃疾《破阵子》）的，高唱着"底事昆仑倾砥柱，九地黄流乱注，聚万落千村狐兔"（张元干《贺新郎》）的，高唱着"念腰间箭，匣中剑，空埃蠹，竟何成。时易失，心徒壮，岁将零"（张孝祥《六州歌头》）的，高唱着"胡未灭，鬓先秋，泪空流。此生谁料，心在天山，身老沧洲"（陆游《诉衷情》）的。总之，他们是奔放的，是雄豪的，是不屑于写靡靡之音的。柳永直被他们视为舆台。周美成的影响，也不很显著。苏轼的第一类的词，即"大江东去"一类的政论似的词，在这时却大为流行。一时有许多人在模仿着。最初是几位慷慨激昂的政治家在写着，以后是有天才的辛与陆，再后是刘过诸人。这一类的词的流行，完全是时代所造成的。一方面为了金人的侵陵，一方面也为了苏氏的作品，受了久压之后，自然地会引起了许多人的奔凑似的去欣赞他、模仿他了。

第二个时期是词的改进的时期。在这个时期里，外患已不大成为紧迫的问题了。因为金人有了他们的内乱与强敌，更无暇南下牧马。南宋的人士，为了升平已久，也便对于小朝廷安之若素。于是便来了一个宴安享乐的时代。像陆放翁、辛稼轩的豪迈的词气，已自然地归于淘汰。当时的文人，不是如姜白石之着意于写隽语，便是如吴文英之用全力于遣词造句。这时代的作家自姜、吴以至高（观国）、史（达祖）都是如此。他们唱的是“苔枝缀玉，有翠禽小小，枝上同宿”（姜夔《疏影》）；唱的是“柳边深院，燕语明如剪”（卢祖皋《清平乐》）；唱的是“燕子重来，往事东流去。征衫贮，旧寒一缕，泪湿风帘絮”（吴文英《点绛唇》）；唱的是“倦客如今老矣，旧游可奈春何！几曾湖上不经过。看花南陌醉，驻马翠楼歌”（史达祖《临江仙》）。这时候，苏东坡氏的影响已经过去了，“大江东去”“甚矣吾衰矣”一类的作品已被视为粗暴太过而遭唾弃。周邦彦的作风却是恰合于时人胃口的东西。于是如姜氏，如吴氏，如高氏，如史氏，便都以雕饰为工，而不以粗豪为式了，便都以合律为能，而不以写“曲子内缚不住”的作品自喜了。他们精研细磨，他们知律审音，他们絮语低吟，他们更会体物状情，务求其工致，务求其胜人。他们都是专工的词人。他们除了词之外，一无所用心。他们为了作词而作词，一点也没有别的什么目的。他们有时写得很好，很深刻真切，有时却不过是美词艳句的堆砌而已，一点内容也没有。张炎评吴文英的词，以为“如七宝楼台，眩人眼目，拆碎下来，不成片段”。这话最足以传达出这时代一部分的词的里面的真相。

第三个时期是词的雅正的时期。这一个时期，看见了元人的渡江与南宋的灭亡，应该是多痛哭流涕，感叹悲愁之作；应该是多愤语，多哀歌的，应该满是“藕花相向野塘中，暗伤亡国，清露泣香红”的句子。然而出于我们意料之外，目睹蒙古人的侵入与占据，且亲受着他们的统治之痛楚的几个大词人，如张炎、周密、王沂孙诸人的词，却在表面上看不大出来他们的痛苦与哀悼。如张炎的词颇多隐含着亡国之痛，却都寓意于咏物。为什么他们发出的号呼，却是那样的隐秘呢？这个原因，第一点，自然是为了蒙古人的铁蹄所至，言论不能自由；第二点，却也因为词的一体，到了张炎、周密之时，已经是凝固了，已经是登峰造极，再也不能前进了。他们只能在咏物寓意上用功夫。只能以“意内言外”的作风为极则。张炎说：“词欲雅而正。志之所至，词亦至焉。一为物所役，则失其雅正之音。”雅正二字，便是他们的风格。他们为了要求雅正，要求一种词的正体，所以排除了一切不能装载于“词”之中的题材。他们于音律谐合之外，又要文辞的和平工整，典雅合法。此外，所谓“词人”多不过翻翻旧案，我学苏、辛，你学周、张，他学梦窗、白石而已；很少有真性情的作家。

词到了这个时期，差不多已不是民间所能了解的东西了。词人的措辞，一天天地趋向文雅之途，一天天地讳避了鄙下的通俗的习语不用。像柳永、黄庭坚那样的“有井水饮处无不知歌之”的样子已是不可再见的盛况了。即像毛滂、周邦彦那样的一歌脱手，妓女即能上口的情形也是很少见的了。它独自在“雅正”，在“修辞”上做功夫。而南曲在这时已产生于南方的民间，预备代之而兴。金、元人所占领的北方，也恰恰萌芽着北曲的嫩苗。

二

南渡之初，前代的词人，都由已沦为异域的京城，奔凑于南方的新都里来。朱敦儒仍在写着，李清照也仍在写着。更有几个别的作家，像康与之，像赵鼎，像张元干，像洪皓，像张抡诸人也都在写着。赵鼎（1085—1147）是中兴的一位很有力的名臣，但也善词。他字元镇，闻喜人。崇宁初进士。累官尚书左仆射，同中书门下平章事，兼枢密使。谥忠简。有《得全居士集》，词一卷。黄昇以为他的“词章婉媚，不减《花间》”。我们在其词里，一点也看不出当时的大变乱的感触。同时的名将岳飞，所作的词却活现出一位忠勇为国的武将的愤激心理来。飞（1103—1142）字鹏举，汤阴人。累官少保，枢密副使。秦桧主和，首先杀死了他，天下痛之。后追谥武穆，封鄂王。成了一个悲痛的传说里的中心人物。他的《满江红》：“靖康耻，犹未雪，臣子恨，何时灭？驾长车，踏破贺兰山缺！壮志饥餐胡虏肉，笑谈渴饮匈奴血。待从头收拾旧山河，朝天阙。”为我们所熟知。张元干字仲宗，长乐人。绍兴中，以送胡铨及寄李纲词除名，亦以此得大名。有《归来集》及《芦川词》一卷，他的《送胡邦衡待制赴新州》一词：“梦绕神州路，怅秋风连营画角，故宫离黍。底事昆仑倾砥柱，九地黄流乱注，聚万落千村狐兔。

天意从来高难问！况人情易老悲难诉，更南浦送君去。”（《贺新郎》）其情绪是很悲壮的。曾觌也颇写这一类的词。他的《金人捧露盘》（《庚寅春奉使过京师感怀作》）凄然有黍离之感：

记神京、繁华地，旧游踪。正御沟、春水溶溶。平康巷陌，绣鞍金勒跃青骢。解衣沽酒醉弦管，柳绿花红。　到如今，余霜鬓，嗟前事，梦魂中。但寒烟、满目飞蓬。雕栏玉砌，空锁三十六离宫。塞笳惊起暮天雁，寂寞东风。

——《金人捧露盘》

觌字纯甫，汴人，绍兴中，为建王内知客。孝宗受禅，以觌权知阁门事。后为开府仪同三司，加少保。有《海野词》一卷。

康与之字伯可。为渡江初的朝廷词人，高宗很赏识他，官郎中，有《顺庵乐府》五卷。他也很感受时势丧乱的影响，然他的许多词却是异常的婉靡的。黄昇说：“伯可以文词待诏金马门。凡中兴粉饰治具，及慈宁归养，两宫欢集，必假伯可之歌咏，故应制之词为多。”王性之以为：“伯可乐章，令晏叔原不得独擅。”沈伯时则以他与柳永并称，以为二人“音律甚协，但未免时有俗语”。陈质斋也斥之为“鄙亵之甚”，然他的慢调之合律，却与秦、柳、周并肩，非余子所可比拟。在宋词的几个大作家中，他是无暇多让的。

张孝祥字安国，乌江人。绍兴二十四年廷试第一。后迁中书舍人，领建康留守。有《于湖集》，词一卷。汤衡为他的《紫微雅词》作序，称其“平昔未尝著稿。笔酣兴健，顷刻即成，却无一字无来处”。唯其出于自然，所以他的词颇饶自然之趣，没有一点雕镂的做作的丑态。这是南宋词中所不多见的。他的题为《听雨》的《满江红》：“无似有，游丝细，聚复散，真珠碎。天应分付与、别离滋味。破我一床蝴蝶梦，输他双枕鸳鸯睡。当此际、别有好思量，人千里。”是很可爱的。他的《六州歌头》尤为激昂慷慨。当他在建康留守席上，赋歌此阕时，张魏公竟为罢席而入（见《朝野遗记》）。

长淮望断，关塞莽然平。征尘暗，霜风劲，悄边声，黯消凝。追想当年事，殆天数，非人力，洙泗上，弦歌地，亦膻腥。隔水毡乡，落日牛羊下，区脱纵横。看名王宵猎，骑火一川明。笳鼓悲鸣，遣人惊。　念腰间箭，匣中剑，空埃蠹，竟何成。时易失，心徒壮，岁将零。渺神京。干羽方怀远，静烽燧，且休兵。冠盖使，纷驰骛，若为情。闻道中原遗老，常南望、翠葆霓旌。使行人到此，忠愤气填膺，有泪如倾。

——《六州歌头》

三

辛弃疾是这一期中的最大作家。词到了周邦彦，已可急转直下而到了吴文英、史达祖、周密、张炎他们的一条路上去了；弃疾却以只手障狂澜，将这个趋势的速率，减低了若干度。他与苏轼同样地被人称为豪放词的代表。但苏轼的词最重要的却是他的清隽的名作。辛弃疾也是如此。他的代表作，绝不是“我见青山多妩媚，料青山见我应如是”“不恨古人吾不见，恨古人不见吾狂耳”（《贺新郎》），与夫“千古江山，英雄无觅孙仲谋处。……凭谁问，廉颇老矣，尚能饭否”（《永遇乐》）之属，而是那些很缠绵、很多情的许多作品，不过这些缠绵多情的调子却被放在奔放不羁、舒卷如意的浩莽的篇页之上罢了。我们且读底下的一首词：

> 东风夜放花千树，更吹陨、星如雨。宝马雕车香满路，凤箫声动，玉壶光转，一夜鱼龙舞。　蛾儿雪柳黄金缕，笑语盈盈暗香去。众里寻他千百度，蓦然回首，那人却在、灯火阑珊处。
>
> ——《青玉案》

我们还忍责备他的粗豪吗？我们还忍以“掉书袋”讥他吗？即他的悲愤愤慨之作，像：

> 醉里挑灯看剑，梦回吹角连营。八百里分麾下炙，五十弦翻塞外声。沙场秋点兵。　马作的卢飞快，弓如霹雳弦惊。了却君王天下事，赢得生前身后名。可怜白发生。
>
> ——《破阵子》

又何尝有什么粗豪的踪影在着。弃疾字幼安，历城人。初为耿京掌书记。后奉表南归。高宗授为承务郎，累迁枢密都承旨。有《稼轩长短句》十二卷。

陆游（1125—1210）与弃疾齐名，时人并称为辛、陆。游字务观，山阴人。隆兴初，赐进士出身。范成大帅蜀，为参议官。人或讥其颓放，因自号放翁。后为宝章阁待制。有《剑南集》，词一卷。他与弃疾同被讥为“掉书袋”。但他的词有许多实是靡艳婉昵的，像《春日游摩诃池》的《水龙吟》：“惆怅年华暗换，黯销魂、雨收云散。镜奁掩月，钗梁折凤，秦筝斜雁。身在天涯，乱山孤垒，危楼飞观。叹春来只有，杨花和恨，向东风满。”

他娶妻唐氏，伉俪相得。但他的母亲却与唐氏不和。他不得已而出之。不久，她便改嫁了同郡赵士程。春日出游，相遇于禹迹寺南之沈园。唐语其夫，为致酒肴。陆怅然赋《钗头凤》云：

红酥手，黄滕酒，满城春色宫墙柳。东风恶，欢情薄，一怀愁绪，几年离索。错，错，错！ 春如旧，人空瘦，泪痕红浥鲛绡透。桃花落，闲池阁。山盟虽在，锦书难托。莫，莫，莫！

唐也和之。未几，即怏怏卒。放翁复过沈园时，更赋一诗道："落日城头画角哀，沈园非复旧池台。伤心桥下春波绿，曾见惊鸿照影来。"（见《耆旧续闻》）这真是一件太可悲惨的故事了！

此外，尚有好几位词人要在此一提及的。朱翌（1097—1167）字新仲，龙舒人。政和中进士，历官中书待制，有《灊山集》。张抡字才甫，亦南渡的故老。有《莲社词》一卷。曾慥、曾惇为故相布的后裔，皆能词。慥字端伯，编《乐府雅词》，颇有功于词坛。惇字谹父，有词一卷。

范成大（1126—1193）字致能，吴郡人，绍兴中进士。后参知政事，又帅金陵。谥文穆。有《石湖集》，词一卷。中多可喜之作。像《萍乡道中》：

酣酣日脚紫烟浮，妍暖破轻裘。困人天色，醉人花气，午梦扶头。 春慵恰似春塘水，一片縠纹愁。溶溶泄泄，东风无力，欲皱还休。

——《眼儿媚》

其恬淡而多姿的风调和他的五七言诗很相类。葛立方字常之，丹阳人，绍兴八年进士。官至吏部侍郎。有《归愚集》，词一卷。姚宽字令威，剡川人。为六部监门，有《西溪居士乐府》一卷。陈同甫，名亮，永康人。有《龙川集》，词一卷。刘过字改之，襄阳人。有《龙洲词》一卷。他的词，学稼轩，真是一个“肖徒”。黄昇说：“改之，稼轩之客，词多壮语，盖学稼轩者也。”学稼轩而至于高唱着“被香山居士，约林和靖，与东坡老，驾勒吾回。坡谓西湖正如西子，淡抹浓妆临照台”。真是稼轩的末日到了。岳珂诋之为“白日见鬼”，真是的评。但他亦有好句，像《沁园春》“有时自度歌声，悄不觉、微尖点拍频”“凤鞋泥污，偎人强剔，龙涎香断，拨火轻翻”，这都是很纤丽可爱的。赵彦端者，字德庄，为宋宗室。乾道、淳熙间以直宝文阁，知建宁府。有《介庵词》四卷。相传孝宗赵昚读他的《谒金门》，到“波底夕阳红湿，送尽去云成独立，酒醒愁又入”，大喜，问谁词。答云：彦端所作。孝宗云：“我家里人也会作此等语！”

曹勋字公显，阳翟人。仕宣和，官至太尉，提举皇城司，开府仪同三司。终于淳熙初。有《松隐乐府》三卷。多应制应时及咏物之作。洪适，中博学宏词科。累官尚书右仆射，同中书门下平章事，兼枢密使。谥文惠。有《盘洲集》，词二卷。杨无咎字补之，清江人。高宗朝累征不起。自号清夸长者。有《逃禅集》，词一卷。无咎喜作情语，其丽腻风流，回肠荡气之处，不下于三变。杨炎号止济翁，庐陵人，有《西樵语业》一卷。他与辛稼轩为友。其词间涉粗豪，也许是受稼轩的影响吧。王千秋字锡老，东平人。有《审斋词》一卷。他尝自称道："少日羁孤，百口星分于异县。长年忧患，一身蓬转于四方。"其铸辞间有甚为新巧者，已是卢祖皋、吴文英他们的同道了。黄公度字师宪，号知稼翁，世居莆田。绍兴八年，大魁天下。除尚书考功员外郎。不久病卒，年四十八。有《知稼翁集》十一卷，又词一卷。洪迈评其词，以为："宛转清丽，读者咀嚼于齿颊间而不得已。"

四

开南宋第二期词派的，远者为康与之，近者为姜夔。与之艳丽，白石清隽。然白石究竟气魄不大。他的词往往是矜持太过。他选字，他炼句，他要合律。如他的盛传于世的《暗香》《疏影》二词，不过是咏物诗的两篇名作而已，也未见得有多大的意义。赵子固说："白石，词家之申、韩也。"此言却甚得当。周济也说："吾十年来服膺白石，而以稼轩为外道。由今思之，可谓扪籥也。稼轩郁勃故情深，白石放旷故情浅；稼轩纵横故才大，白石局促故才小。"夔字尧章，白石其号，鄱阳人，流寓吴兴。有《白石词》五卷。他的最好的作品，像：

过春风十里，尽荠麦青青。自胡马窥江去后，废池乔木，犹厌言兵。渐黄昏，清角吹寒，都在空城……

——《扬州慢》

渐吹尽、枝头香絮，是处人家，绿深门户。远浦萦回，暮帆零乱，向何许？阅人多矣，谁得似、长亭树。树若有情时，不会得、青青如此！……只算有并刀，难剪离愁千缕。

——《长亭怨慢》

卢祖皋和高观国、史达祖三人都是这期内的大作家。卢祖皋字申之，永嘉人，一云邛州人。庆元中登第。嘉定中为军器少监。有《蒲江词》一卷。黄昇说："《蒲江词》乐章甚工，字字可入律吕。"

高观国字宾王，山阴人，有《竹屋痴语》一卷。陈唐卿评他与史达祖的词，以为"要是不经人道语。其妙处，少游、美成亦未及也"。张炎则以他与白石、邦卿、梦窗并举，以为"格调不凡，句法挺异，俱能特立清新之意，删削靡曼之词，自成一家"。但观国词的佳者，像"春芜雨湿，燕子低飞急。云压前山群翠失，烟水满湖轻碧"（《清平乐》），也未能通首相称。

史达祖在三人中是最好的一个。达祖字邦卿，汴人，有《梅溪词》。张镃以为他的词："织绡泉底，去尘眼中，妥帖轻圆，辞情俱到。有瑰奇警迈，清新闲婉之长，而无訑荡污淫之失。端可分镳清真，平睨方回。"姜夔也很恭维他，以为"邦卿之词，奇秀清逸，有李长吉之韵。盖能融情景于一家，会句意于两得者。其'做冷欺花，将烟困柳’一阕，将春雨神色拈去，‘飘然快拂花梢，翠尾分开红影’，又将春燕形神画出矣”。

做冷欺花，将烟困柳，千里偷催春暮。尽日冥迷，愁里欲飞还住。惊粉重、蝶宿西园，喜泥润、燕归南浦。最妨他、佳约风流，钿车不到杜陵路。

沉沉江上望极，还被春潮晚急，难寻官渡。隐约遥峰，和泪谢娘眉妩。临断岸、新绿生时，是落红、带愁流处。记当日、门掩梨花，剪灯深夜语。

——《绮罗香》

吴文英在这期词人里，声望特著。有许多人推崇他为集大成的作家。他字君特，四明人。有梦窗《甲》《乙》《丙》《丁》稿四卷。尹惟晓云：“求词于吾宋，前有清真，后有梦窗。此非予之言，四海之公言也。”然论诗才，梦窗实未及清真。清真的词流转而下，毫不费力，而佳句如雨丝风片，扑面不绝。梦窗的词则多出之于苦吟，有心地去雕饰，着意地去经营，结果是，偶获佳句，大损自然之趣。张炎说得最好：“吴梦窗如七宝楼台，眩人眼目，拆碎下来，不成片段。”真实的诗篇是永远不会被拆碎的。沈伯时说：“梦窗深得清真之妙。但用事下语太晦处，人不易知。”他所以喜用晦语，便是欲以深词来蔽掩浅意的。而深词既不甚为人所知，浅意也便因之而反博得一部分评者的赞颂了。他的《唐多令》颇为张炎所喜，以为“最为疏快不质实”。但头二句，“何处合成愁？离人心上秋”，便不是十分高明的句法。民歌中最坏的习气，就是以文字为游戏，或拆之或合之。梦窗不幸也和鲁直他们一样，竟染上了这个风气。但像“黄蜂频扑秋千索”（《风入松》）之类的话，却的确是很隽好的。

何处合成愁？离人心上秋。纵芭蕉、不雨也飕飕。都道晚凉天气好，有明月，怕登楼。　年事梦中休，花空烟水流。燕辞归、客尚淹留。垂柳不萦裙带住，漫长是、系行舟。

——《唐多令》

听风听雨过清明，愁草瘗花铭。楼前绿暗分携路，一丝柳，一寸柔情。料峭春寒中酒，交加晓梦啼莺。　西园日日扫林亭，依旧赏新晴。黄蜂频扑秋千索，有当时、纤手香凝。惆怅双鸳不到，幽阶一夜苔生。

——《风入松》

我们如果不责望梦窗过深，我们读了他的词便不致失望过甚。我们如以他为一个集大成的同时又是开山祖的一个大词人，我们便将永不会得到了他的什么，只除了许多深晦而不易为人所知的造语。我们如视他为一个第二期中的一位与姜、高、史、卢同流的工于铸词、能下苦功的作家，则我们将看出他确是一位不凡的人物。他的词平均都是过得去的，且也都颇多好句。白石清莹，他则工整；梅溪圆婉，他则妥帖。他是一个精熟的词手，却不是一位绝代的诗人。他是精细的，谨慎的，用功的，然而他却不是有很多的诗才的。后来的作词者多趋于他的门下，其主因大约便在于此。

这时代的词人更有几个应该一提的。陈经国的词，也颇多感慨语，超脱语，言淡而意近，与当时的作风很不相类。经国，嘉熙、淳祐间人，有《龟峰词》一卷。他的《丁酉岁感事》的《沁园春》："谁思神州，百年陆沉，青毡未还。怅晨星残月，北州豪杰，西风斜日，东帝江山。""说和说战都难，算未必、江沱堪晏安。"也未必逊于张孝祥的悲愤，辛稼轩的激昂。方岳（1199—1262）字巨山，祁门人。理宗朝为文学掌教。后出守袁州。有《秋崖先生小稿》。吴潜字毅夫，宁国人。嘉定间，进士第一。淳祐中参知政事，拜右丞相，兼枢密使，封许国公。后安置循州卒。有《履斋诗余》三卷。他的词多半是感伤的调子。如"岁月无多人易老，乾坤虽大愁难著"（《满江红》）；"岁月惊心，风埃眯目，相对头俱白"（《酹江月》）之类，都是很平凡的。然《鹊桥仙》一首，却是杰出于平凡之中，颇使我们的倦眼为之一新：

扁舟乍泊，危亭孤啸，目断闲云千里。前山急雨过溪来，尽洗却、人间暑气。　暮鸦木末，落凫天际，都是一团秋意。痴儿騃女贺新凉，也不道、西风又起。

——《鹊桥仙》

黄昇字叔旸，号玉林。曾编《花庵词选》，他自己也有《散花庵词》一卷。识者称其人为“泉石清士”。游受斋则亟称其诗为晴空冰柱。他的词，虽未见得有多大的才情，却是不雕饰的。韩淲（1159—1224）字仲止，颍川人，元吉之子。有高节。从仕不久即归。嘉定中卒。有《涧泉诗余》一卷。淲词缠绵悱恻，时有好句，且在丽语之中，尚能见出他的个性来，这是时流所少有的。

张辑字宗瑞，鄱阳人。有《东泽绮语债》二卷。朱湛卢云：“东泽得诗法于姜尧章，世谓谪仙复作。不知其又能词也。”辑词多凄凉慷慨之音。然与辛、陆之作，其气韵已自不同。像《月上瓜洲》：

江头又见新秋，几多愁！塞草连天，何处是神州？英雄恨，古今泪，水东流。惟有渔竿，明月上瓜洲。

王炎（1138—1218）字晦叔，婺源人，有《双溪诗余》。炎自序其词曰：“今之为长短句者，字字言闺阃事，故语懦而意卑。或者欲为豪壮语以矫之。夫古律诗且不以豪壮语为贵。长短句命名曰曲，取其曲尽人情，惟婉转妩媚为善。豪壮语何贵焉！不溺于情欲，不荡而无法，可以言曲矣。此炎所未能也。”这些话颇可以看出作词的态度来。他惯欲在词中处处以青春的愉乐，烘托出老境的颓放来，这却是他的特色。

渡口唤扁舟，雨后青绡皱。轻暖相重护病躯，料峭还寒透。

老大自伤春，非为花枝瘦。那得心情似少年，双燕归时候。

——《卜算子》

戴复古字式之，天台人，游于陆放翁门下。有《石屏集》，词一卷。他的词，深深染着稼轩的粗豪的影响。赵以夫（1189—1256）字用父，长乐人，端平中，知漳州。有《虚斋乐府》一卷。以夫词，小令佳者绝少，慢调则颇多美俊者。像如“欲低还又起，似妆点满园春意”（《徵招·雪》）；“云雁将秋，露萤照夜，凉透窗户。星网珠疏，月奁金小，清绝无点暑”（《永遇乐·七夕》）。

魏了翁（1178—1237）字华父，号鹤山，蒲江人，庆元五年进士。理宗朝，官资政殿学士，福州安抚使。卒谥文靖。有《鹤山长短句》三卷。鹤山虽为理学名儒，然其词则殊清丽，语意高旷。像《八声甘州》“多少曹苻气势，只数舟燥苇，一局枯棋。更元颜何事，花玉困重围。算眼前、未知谁恃！恃苍天、终古限华夷。还须念，人谋如旧，天意难知”云云，气势却甚凄豪。在栗栗自危之中，已透露出对于强敌无可抵抗的消息来了。郭应祥字承禧，临江人。嘉定间进士。官楚、越间。有《笑笑词》一卷，寿词颂语，颇凡庸可厌。南宋词家蜂起，唯女流作家则独少。当其中叶，仅有一朱淑真而已。淑真，海宁人，或以为朱熹之侄女。她自称幽栖居士。以匹偶非伦，弗遂素志，心每郁郁，往往见之诗词，其集名《断肠》，词一卷。其小词，佳者至多：

山亭水榭秋方半，凤帏寂寞无人伴。愁闷一番新，双蛾只旧颦。　　起来临绣户，时有疏萤度。多谢月相怜，今宵不忍圆。

——《菩萨蛮》

独行独坐，独倡独酬还独卧。伫立伤神，无奈轻寒著摸人。

此情谁见？泪洗残妆无一半。愁病相仍，剔尽寒灯梦不成。

——《减字木兰花》

五

第三期的词人，大都是生于亡国之际，身受亡国之痛的。他们或托物以寓意，或隐约以陈词。在实际的生活上，江南人的生活真是要另起了一番变化—— 一番很大的变化。蒙古民族纷纷地南下，临安全为他们所占领。江、浙一带，南歌消歇，北曲喧腾。汉人或他们所谓为“蛮子”的地位，不必说在蒙古人之下，且也在一切色目人之下！科举停了，学校废了，什么政策的施行，都是汉人所不惯受的。在那么困苦的境地之下，词人们的心绪，自不能不受到深切的感动。在第二期中还有几个人在叫着："天下事可知矣！"在叫着："说和说战都难，算未必、江沱堪晏安！"在叫着："望长淮犹二千里，纵有英心谁寄！"在这一个时期，作家却都半遁入细腻的咏物寓意的"寄托"的一条路上去，不能有什么明显的愤语的呼号。他们雕饰字句，以纤丽为工，他们致力新语，以奇巧为妙。而在其间，则隐藏着深刻的难言之痛。

这期的词人以蒋捷、周密、张炎、王沂孙为四大家。这四大家的词，都是纯正的典雅词。他们的选辞择语，真都是慎之又慎的。他们如一颗颗的晶莹的明珠，我们在那里找不出一点的疵病。其时时可遇的隽句，如"数枚樱桃叶底红"，又可使我们吟味不尽。然而他们的美妙不仅在外表，在辞章。他们没有雄豪的奔放的词句儿，他们没有足以动人心肺、撼人魂魄的火辣辣的文章，但他们却是几个"意内言外"的词人，表面上，是以铸美词造隽语为专长，其实却是具有更深、更厚、更沉痛的悲苦的。

蒋捷字胜欲，宜兴人，有《竹山词》一卷。在四大家中，他的词是最有自然之趣的。像"起搔首、窥星多少？月有微黄篱无影，挂牵牛、数朵青花小。秋太淡，添红枣"（《贺新郎》），"少年听雨歌楼上，红烛昏罗帐。壮年听雨客舟中，江阔云低，断雁叫西风。而今听雨僧庐下，鬓已星星也。悲欢离合总无情，一任阶前点滴到天明"（《虞美人》），"红了樱桃，绿了芭蕉，送春归，客尚蓬飘。昨宵谷水，今夜兰皋。奈云溶溶，风淡淡，雨潇潇"（《行香子》），都可以见出其清隽疏荡的风趣来。

周密字公谨，济南人，侨居吴兴。自号弁阳啸翁，又号萧斋。有《草窗词》（一名《蘋洲渔笛谱》）二卷。又编《绝妙好词》。他的词，无论小令、慢调都是很纤丽隐约、言中有物的，像："晴丝罥蝶，暖蜜酣蜂，重帘卷，春寂寂。雨萼烟梢压阑干，花雨染衣红湿。"（《解语花》）"往事夕阳红，故人江水东。翠衾寒，几夜霜浓。梦隔屏山飞不去，随夜鹊、绕疏桐。"（《南楼令》）

张炎字叔夏，为南渡名将张俊的后裔。居临安，自号乐笑翁。有《玉田词》三卷。仇仁近以为："叔夏词意度超玄，律吕协洽，当与白石老仙相鼓吹。"以玉田较白石，玉田当然未暇多让。玉田颇有愤语，却深藏之于浓红淡绿之中，如"只有一枝梧叶，不知多少秋声""恨乔木荒凉，都是残照"之类。而"十年旧事翻疑梦"的一阕《台城路》，读者尤为感动。在小令一方面，像"叶密春声聚，花多瘦影重"，那样的自然而多趣的调子，也是很近于《花间》的。

十年旧事翻疑梦，重逢可怜俱老！水国春空，山城岁晚，无语相看一笑。荷衣换了，任京洛尘沙，冷凝风帽。见说吟情，近来不到谢池草。　欢游曾步翠窈，乱红迷紫曲，芳意今少。舞扇招香，歌桡唤玉，犹忆钱塘苏小，无端暗恼。又几度流连，燕昏莺晓。回首妆楼，甚时重去好！

——《台城路》

王沂孙字圣与，号碧山，又号中仙。会稽人。有《碧山乐府》（一名《花外集》）二卷。沂孙的词，咏物很工，有时意境也极高隽。如“听粉片、簌簌飘阶”之类：

屋角疏星，庭阴暗水，犹记藏鸦新树。试折梨花，行入小栏深处。听粉片、簌簌飘阶，有人在、夜窗无语。料如今，门掩孤灯，画屏尘满断肠句。

佳期浑似流水，还见梧桐几叶，轻敲朱户。一片秋声，应做两边愁绪。江路远，归雁无凭，写绣笺，倩谁将去。谩无聊，犹掩芳樽，醉听深秋雨。

——《绮罗香》

于蒋、周、张、王外，尚有：陈允平字君衡，号西麓，明州人，有《日湖渔唱》二卷。刘克庄（1187—1269）字潜夫，号后村，莆田人。淳祐初，特赐同进士出身。累官龙图阁学士。致仕卒。谥文定。有《后村别调》一卷。像《玉楼春》（《呈林节推》）一词，真乃是有稼轩之豪迈而无放翁的颓放者：

年年跃马长安市，客里似家家似寄。青钱唤酒日无何，红烛呼卢宵不寐。　易挑锦妇机中字，难得玉人心下事。男儿西北有神州，莫洒水西桥畔泪。

——《玉楼春》

卢炳字叔阳，自号丑斋。有《烘堂词》。许棐字忱父，海盐人，嘉熙中隐居秦溪。于水南种梅数十树，自号梅屋。环室皆书。有《梅屋稿》《献丑集》及《梅屋诗余》。汪元量字大有，号水云，钱塘人。以善琴，为宫妃之师。宋亡，随三宫留燕。后为黄冠南归。有《水云集》《湖山类稿》。他的词多故国之思，像：

凄凄惨惨，冷冷清清，灯火渡头市。慨商女不知兴废，隔江犹唱庭花，余音亹亹。伤心千古，泪痕如洗。乌衣巷口青芜路，认依稀、王谢旧邻里。临春结绮，可怜红粉成灰，萧索白杨风起。

——《莺啼序》

这是时人所罕有的！

柴望字仲山，号秋堂，有《秋堂集》，词一卷。他长于慢词，所作情绪宛曲，大有周美成的风调。刘学箕字习之，崇安人，有《方是闲居士词》一卷。其词圆稳熟练，足与当时诸大家相抗。刘辰翁（1233—1297）字会孟，庐陵人，举进士。值世乱，隐居不仕。有《须溪集》，附词。辰翁所作甚多，小令、慢词，皆有隽篇，秉豪迈之资，得自然之趣，新意亦多。他的伤时感事之作，尤凄然有黍离之痛。

长欲语，欲语又蹉跎！已是厌听夷甫颂，不堪重省越人歌。孤负水云多。　羞拂拂，懊恼自摩挲。残烟不教人径去，断云时有泪相和。恨恨欲如何！

——《双调望江南》

陈德武，三山人，有《白雪遗音》一卷。德武怀古之作如《水龙吟》《望海潮》，皆慷慨激昂，有为而发："乐极西湖，愁多南渡，他都是梦魂空。感古恨无穷。叹表忠无观，古墓谁封！棹舣钱塘，浊醪和泪洒秋风。"（《望海潮》）

文天祥和他的幕客邓郯都是能以词写其悲愤的。天祥（1236—1283）字宋瑞，又字履善。举进士第一。历官右丞相，兼枢密使，封信国公。为元兵所执，留燕三年，不屈而死。有《文山集》。他的《驿中言别友人》："水天空阔，恨东风、不借世间英物。蜀鸟吴花残照里，忍见荒城颓壁。铜雀春情，金人秋泪，此恨凭谁雪！堂堂剑气，斗牛空认奇杰。"（《大江东去》）悲愤之情如见。邓郯字光荐，庐陵人。宋亡不仕，有《中斋集》。他有词像《卖花声》的"不见当时王谢宅，烟草青青"，《南楼令》的"说兴亡燕入谁家"也俱有兴亡之感。

参考书目

一、《宋十家词》不分卷 毛晋（汲古阁）编刻，有原刻本，有广州刻本，有博古斋影印袖珍本。

二、《名家词集》十卷 侯文灿编刻，有原刻本，有《粟香室丛书》本。

三、《宋元名家词》不分卷 江标编，有清光绪间湖南刻本。

四、《四印斋所刻词》及《四印斋汇刻宋元三十一家词》 王鹏运编，自刊本。

五、《双照楼景宋元明词》 吴昌绶编，自刊本。《续刊景宋金元词》，陶湘编刊本。

六、《彊村丛书》 朱祖谋编，自刊本。

七、《中兴以来绝妙好辞选》十卷 宋黄昇编，有汲古阁刊《词苑英华》本。

八、《阳春白雪》八卷，《外集》一卷 宋赵闻礼编，有《词学丛书》本，清吟阁刊本，及《粤雅堂丛书》本。

九、《绝妙好词笺》七卷 宋周密著，清查为仁、厉鹗笺，有原刊本，有会稽章氏重刊本。

十、《草堂诗余》四卷 在《四印斋所刻词》《词苑英华》及

《双照楼景宋元明词》内均有之。

十一、《历代诗余》一百二十卷 有原刊本，有蟫隐庐影印本。

十二、《词综》三十四卷 清朱彝尊编，有原刊本，有坊刊本。

十三、《词林纪事》二十二卷 清张宗棣辑，有原刊本，有扫叶山房影印本，有海盐张氏影印本。

十四、《词选》 清周济编选，有刊本。

十五、《宋史》四百九十六卷 元脱脱等撰，有《二十四史》本。

十七、《南宋书》六十八卷 明钱士升撰，有扫叶山房刊《四朝别史》本。

元及明初的诗词

元与明初诗坛的概况—— 元好问的影响—— 赵孟頫—— 白朴、冯子振等—— 虞集、杨载、范梈、揭傒斯—— 道士张雨—— 萨都刺与傅若金、张翥—— 杨维桢—— 倪瓒—— 载良等—— 仇远与邵亨贞—— 高启、杨基等四杰—— 刘基与袁凯——“闽中十才子”——二蓝—— 怪杰姚广孝—— 提倡“台阁体”的三杨

一

元与明初的诗词，论者每有不满之语。但他们虽没有散曲坛那么样的光芒万丈，却也不是很寥落的。特别因为逢着蒙古人入据中原的一个大变，诗词的风格，遂也颇有不同于前的。慷慨激昂者，

悲歌以当泣；洁身自好者，有托而潜逃；即为臣为奴者之作，也时有隐痛难言之苦。故元代初期之作，遂多幽峭之趣。元季丧乱频仍，流氓皇帝朱元璋对待文人们，复极尽残酷，无复人性。这也是文士们所痛心疾首的。成祖在潜邸时候，已为文人们的东道主。攻下南京时，虽杀方孝孺若干人，对于整个文坛，似无多大的影响。故永乐以后，遂渐入于歌舞升平的时代；三杨的台阁体的文学，颇足以代表那若干年的从容歌颂之风。

元初的诗人词客大都为金、宋的遗民。赵子昂以宋的宗室，入仕元庭，风流文采，冠绝一时；然其对于当时文坛的影响，乃远不及元遗山的宏伟。遗山自金入元，虽以遗老自命，不仕新朝，但其势力则笼罩于朝野的文坛。他且提拔南北在野的文人们，荐举之于要人重臣之前。（《遗山文集》卷三十九，有《癸巳岁寄中书耶律公书》所荐举的“南中大夫士归河朔者”，从衍圣公以下，凡五十余人。）故元初的文学，可以说是由这个“金代大老”一手所提携着的。

子昂名孟頫（1254—1322），宋宗室。湖州人。元时为翰林学士承旨，卒谥文敏。有《松雪斋集》。他的诗流转圆润，而颇多由衷的哀音，像“英雄已死嗟何及，天下中分遂不支。莫向西湖歌此曲，水光山色不胜悲”（《岳鄂王墓》）；“溪头月色白如沙，近水楼台一万家。谁向夜深吹玉笛？伤心莫听《后庭花》”（《绝句》）。他的词也多清俊的篇什。

白朴有《天籁集》，都是词。他的词的作风，类他的散曲。有极沉痛者，像“千古神州，一旦陆沉，高岸深谷。梦中鸡犬新丰……几回饮恨吞声哭。岁暮意如何？怯秋风茅屋”（《石州慢·书怀》）；也有很朴质明白的，像“可惜一川禾黍，不禁满地螟蝗”（《朝中措》）。同时的散曲作家，若卢疏斋（处道）、冯海粟（子振）、贯酸斋（云石）、姚牧庵（燧）等，也都写着很好的诗词。疏斋的《婺源县斋书事》“竹树映清晓，坐闻山鸟鸣。瓶花香病骨，檐雨挟诗声”，是那么的幽峭可喜。海粟的诗词，还是咏唱《鹦鹉曲》那般的俊健的风格。酸斋诗以乐府古风为上，像《观日行》“六龙受鞭海水热，夜半金乌变颜色。天河蘸电断鳌膊，刁击珊瑚碎流雪”云云，其气概是雄壮少匹。

虞集（1272—1348）出而诗坛的声色为之一振。集和杨载、范梈、揭傒斯并号四大家。集尝评载诗如百战健儿，梈诗如唐人临晋帖，傒斯诗如美女簪花，他自己诗如汉廷老吏。盖继元遗山而为文坛祭酒者，诚非集莫能当之。李东阳谓：“若藏锋敛锷，出奇制胜，如珠之走盘，马之行空，始若不见其妙，而探之愈深，引之愈长，则于虞有取焉。”（《怀麓堂诗话》）集诗像《送朱仁卿归盱江》“羡子南归盱水上，过从为我问临川：几家橘柚霜垂屋，何处蒹葭月满船”；《别成都》：“我到成都才九日，驷马桥下春水生……鸬鹚轻筏下溪足，鹦鹉小窗知客名。”虽淡远而实肌充神足。载诗以“大地山河微有影，九天风露寂无声”（《中秋对月》）有名。傒斯诗，邃峭似尤在集上，像“船头放歌船尾和，篷上雨鸣篷下坐。推篷不省是何乡，但见双飞白鸥过”（《武昌舟中》）；“梁安峡里杜鹃啼，绝壁苍苍北斗低。云气倒连山影合，石棱斜斗浪声齐。”（《宿梁安峡》）集字伯生，自号邵庵，仕至翰林直学士，兼国子祭酒。有《道园学古录》。载字仲弘，浦城人，官至宁国路总管府推官。椁字亨父，一字德机，清江人，官至湖南岭北廉访司经历。人称文白先生。傒斯（1274—1344）字曼硕，龙兴富州人，官至翰林侍讲学士，谥文安。椁尝谓："吾平生作诗，稿成读之，不似古人，即削去改作。”但像他的《闽州歌》《掘冢歌》等也有天然流露，不纯是模拟古人。

同时有道士张雨(1283—1350)，一名天雨，别号贞居子，钱塘人。尝和虞集及杨维桢相酬答。有《句曲外史集》。他诗词多清逸之处，像“造物于我厚，一切使我薄。瓶中有储粟，持此卧云壑。……床头堆故书，败履置床脚。未尝身没溺，何与世浊恶”（《道言》）。较一班烂熟旷达的号呼，似自有别。又有萨天锡，名都刺，号直斋，本答失蛮氏，后为雁门人。官至河北廉访司经历，有《雁门集》。他以赋《宫词》得名，但像《南台春月歌》“南台月照男儿面，岂照男儿心与肝”，却是那样的豪迈。傅若金字与砺，本字汝砺，新喻人，官广州文学教授。《诗薮》评其诗：“雄浑悲壮，老杜遗风，有出四家上者。”他悼亡诸诗，尤深情凄咽。张翥（1287—1368）字仲举，晋宁人，官至翰林学士承旨，有《蜕庵集》。他的诗“雄浑流丽”，而词尤工稳宛曲，近南宋诸家。

元末诸诗家，其成就似尤在虞、杨、范、揭四家之上。他们处境益艰，用心更苦，所作自更深邃雄健。杨维桢在这时固足以领袖群伦，但倪瓒、戴良，却不是他所能范围得住的。维桢（1296—

1370）字廉夫，号铁崖，会稽人。官至江西等处儒学提举。有《铁崖古乐府》等集。明初，朱元璋命近臣逼促他入京。他作诗有“商山肯为秦婴出”语。元璋道：“老蛮子欲吾杀之以成名耳。”遂放回。一说，他作此诗后，即自缢而死。（一说维桢所赋系《老客妇谣》）张伯雨序维桢乐府云：“隐然有旷世金石声，又时出龙鬼蛇神，以眩荡一世之耳目，斯亦奇矣！”他的短诗，时有绝佳者，像《漫兴》：“杨花白白绵初迸，梅子青青核未生。大妇当垆冠似匏，小姑吃酒口如樱。”他是那样的富于风趣！而《海乡竹枝歌》：“潮来潮退白洋沙，白洋女儿把锄耙。苦海熬干是何日？免得侬来爬雪沙”数首，尤喜用俗语村言。他的慷慨浓艳的诸篇，像《鸿门会》《题宋宫观潮图》等，似非其所长。

倪瓒（1301—1374）字元镇，无锡人。尝自谓懒瓒，亦曰倪迂。有《清閟阁稿》。他的性格是那么清高迂阔，恰逢乱世，自不得免。相传朱元璋得之，闻其有洁癖，故意投他于厕中以死。他的诗和画俱有高名。王维“诗中有画，画中有诗”之称，正可移赠给他。他的《寄王叔明》“每怜竹影摇秋月，更爱山居写白云”；《绝句》“松陵第四桥前水，风急犹须贮一瓢。敲火煮茶歌《白苎》，怒涛翻雪小停桡”；《春日云林斋居》“晴岚拂书幌，飞花浮茗碗。阶下松粉黄，窗门云气暖。石梁萝茑垂，翳翳行踪断”；《早春对雨》“林卧苦泥雨，忧来不可绝。掀帷望天际，春风吹木末。飞萝散成雾，细草绿如发”；《竹枝词》“日莫狂风吹柳折，满湖烟雨绿茫茫”“春愁如雪不能消，又见清明卖柳条”；哪一首不是像他的竹石小景似的清隽绝俗。他词的作风也如其诗的灵隽。同时有王冕，字元章，诸暨人，自号煮石山农，亦为高士。后为朱元璋所得，置之军中，一夕暴卒。他的《墨梅》："我家洗砚池头树，个个花开淡墨痕。不要人夸好颜色，只留清气满乾坤。"具这样的傲骨，自难苟全于乱世。戴良（1317—1383），字叔能，浦江人。至正间为儒学提举。朱元璋遣使物色求之。洪武十五年召至京师，固辞官，不就。次年，遂自杀于寓舍。有《九灵山房集》。他集中《九灵自赞》有"歌黍离麦秀之音，咏剩水残山之句"语，颇足以说明他诗的旨趣。他的《插秧妇》："紧束暖烟青满地，细分春雨绿成行。村歌欲和声难调，羞杀扬鞭马上郎。"似不仅仅咏物写景而已！

元末有顾瑛，一名阿瑛，别名德辉，字仲瑛，昆山人，隐于家，不仕。家至富有，其亭馆盖有三十六处。杨维桢、倪瓒、张雨等皆为座上客。乱后，家财散尽，遂削发为在家僧。所作诗词，也自清隽有致，像"春江暖涨桃花水，画舫珠帘，载酒东风里。四面青山青如洗，白云不断山中起"（《蝶恋花》），亦何减其客座上的诸名公。

元人工词者，尚有仇远。远（1247—1326）字仁近，一字仁父，钱塘人。至元中为溧阳州儒学教授。自号近村，又号山村。有《无弦琴谱》。远词若当春水新涨，绿波映面，楚楚自怜。其隽雅的风格，不特在元词里为第一人而已。像《点绛唇》：

黄帽棕鞋，出门一步如行客。几时寒食？岸岸梨花白。

马首山多，雨外青无色。谁禁得、残鹃孤驿，扑地春云黑。

又像《谒金门》：“但病酒，愁对清明时候。不为吟诗应也瘦。坐久衣痕皱”；《庆清朝》：“山束滩声，月移石影，寒江夜色空浮。”俨然是北宋词人里最高的格调。又有邵亨贞，字复孺，号清溪，华亭人，有《蛾术词选》。作风较仇远为奔放，也较疏散。像《满江红》：“世乱可堪逢节序？身闲犹有余风度。且凭高、呼酒发狂歌，愁何处？”殊具有苏、辛的风味。

二

朱元璋一手摧残了明初的文坛。王冕、倪瓒、戴良、杨维桢诸大家，无不直接或间接死在他手里。少年诗人高启的死，尤为残酷。刘基为他迫逼出山，非其本愿；打平了天下之后，仍不免于一死。袁凯以病自苦，仅而得免。我们读这段诗史，其不愉快实不下于元初蒙古族的入主中原的一段。高启（1336—1373）字季迪，长洲人。元末，避乱于松江之青丘，自号青丘子。洪武初，召修《元史》，授翰林院国史编修。后因为魏观撰《上梁文》，被腰斩。年仅三十九。有集。王子充谓“季迪之诗，隽而清丽，如秋空飞隼，盘旋百折，招之不肯下。又如碧水芙蕖，不假雕饰，翛然尘外”。时人并杨基、张羽、徐贲称为四杰。基，字孟载，嘉州人；羽字来仪，本浔阳人；贲字幼文，本蜀人；皆居吴，与启相酬和。刘基在元时已有诗名。他隐居自乐，颇想避了乱世的旋涡，终不免被朱元璋所聘，而为其佐命的勋臣。基字伯温（1311—1375），青田人。洪武间，封诚意伯。有集。他诗整炼，不失为大家，而词尤为明初独步。明初词人寥寥，仅瞿佑（字宗吉，钱塘人）、张肯（字继孟，浚仪人）、杨基及伯温诸人耳。而伯温的《写情集》独温柔敦厚，秾纤有致，足继仇山村、邵亨贞之后。像《少年游》：“清风收雨，轻云漏月，凉气入幽窗。乱叶吟朝，饥虫啼夜，各自奏新腔。”自具清新之趣。

袁凯字景文，华亭人，洪武中由举人荐授监察御史。后以疾自免。有集。凯有盛名，自号海叟，尝倒骑黑牛，游行九峰间，好事者至绘为图。以在杨铁崖座赋《白燕诗》有名，至被称为袁白燕。

时闽人有林鸿者，欲以盛唐诗风纠元末诗的纤细，与乡人长乐高栋、永福王偁等互相唱和。时称“闽中十才子”。栋编《唐诗品汇》百卷，盛行于世，益以张大着鸿的主张，明诗颇受其影响。鸿字子羽，福清人，洪武初为将乐县训导，历礼部精膳司员外郎。年未四十，自免归。同时又有二蓝者，兄名仁，弟名智，为闽之崇安人，名不及“十才子”之盛，而《蓝山》《蓝涧》二集，老成熔炼，似在十子之上。仁字静之，智字明之。明之尝官广西按察佥事。

永乐是一位雄才大略的英主。在燕邸时，已收罗当时文士们若贾仲名、汤舜民、杨景贤辈在邸中，宠遇甚隆（见贾仲名《续录鬼簿》）。及即位后，更使解缙等修《永乐大典》，成为空前的一部大类书。但当时诗人却不多见。唯怪杰姚广孝（1335—1418），长洲人，尝为僧，名道衍，字斯道。以助成靖难之功，为僧录左善世，加太子少师。虽是一位大政治家，其诗却大有韦、孟、王维的风趣。像“波澄一溪云，霜红半山树。荒烟满空林，疏钟在何处？”（《访震师不遇》）“岚岭照深屋，云松翳闲门。鸟啼惊曙白，花气觉春温。”（《妙上人习静轩》）置之明初的诗坛上，殊使人有由喧市而踏到“青松白沙”的妙境之感。

自永乐到正统左右，诗坛的风气，全为三杨所包围，以致恹恹无生气。三杨者：杨士奇（1366—1444）名寓，泰和人，以字行。建文初，以史才召入翰林。历事数朝，进华盖殿大学士，至正统间始卒。有《东里集》。杨荣字勉仁，建安人，永乐时进文渊阁大学士，也卒于正统初。杨溥字弘济，石首人。永乐初，为洗马。正统初，进少保，武英殿大学士。三杨中，以士奇为最有文名。三杨的诗文，皆稳妥醇实，时号“台阁体”，虽少疵病，却是不大有灵魂的。诗坛的作风，遂一趋于庸碌肤廓，千篇一律。至天顺间，何、李遂起而纠之，倡为复古之论，明诗乃入另一魔障之中。

参考书目

一、《皇元风雅》 元傅习辑，有《四部丛刊》本。

二、《元文类》 元苏天爵编，有苏州书局本，有《四部丛刊》本。

三、《天下同文集》 元周南瑞编，有元刊本，传抄本。

四、《元草堂诗余》 元凤林书院编，有《读画斋丛书》本，有《词学丛书》本。

五、《元诗选》 清顾嗣立编，原刊本。

六、《元诗纪事》 近人陈衍编，有商务印书馆印本。

七、《盛明百家诗》 明俞宪编，有原刊本，罕见。

八、《列朝诗集》 清钱谦益编，有原刊本，有宣统间铅印本。

九、《明诗综》 清朱彝尊编，有原刊本。

十、《明诗纪事》 近人陈田编，有听诗斋刊本。

十一、《词综》 清朱彝尊编，有原刊本，有坊刊本。又陶樑《词综补遗》，有原刊本。